"역시 이상한 것이 틀림없느니라.
세희야, 빨리 갈아입을 옷을 준비해 놓거라."

"로리콘 범죄자는 먹지도 말라~ 강성훈은 살지도 말라~
로리콘! 나쁜놈! 범죄자 인간! 아청법으로 단죄 하리라~!"
"저 녀석은 도대체 뭔 짓을 벌이고 있는 거야?"

투쟁

"무, 무슨 짓을 하는 것이냐?!"
"지금은 내가 어른이 되었으니 검둥이를 이렇게 안아주고 싶었느니라."

나와 호랑이님 8

중2병이라도 사랑만 있으면 상관없어~!

카넬 지음
영인 일러스트

목차

시작하는 이야기 ☆ p.9

첫 번째 이야기 ☆ p.31

끝마치는 이야기 ☆ p.193

이어 가는 이야기 ☆ p.223

글쓴이의 끼적끼적 ☆ p.229

시작하는 이야기

랑이와 만난 이후로 내 인생은 상당히 다이나믹해졌다고 생각한다. 이제는 서울 상공에서 용과 호랑이가 싸움을 벌인다 해도 놀라지 않을 자신이 생길 정도로.

옛날보다 한 단계 성장했다는 거지. 하지만 옛 선인 중의 누군가가 삶은 놀라움의 연속이라고 했었지? 그 말은 사실이었다.

견우성에서 돌아온 것이 어제. 랑이와 오랜만에 밤늦게까지 놀아 주고 일어나 보니 세상이 달라져 있었을 때는 아무리 나라고 해도 놀랄 수밖에 없었다.

"아동 요괴를 성추행하는 범죄자를 처벌하라!"

"처벌하라! 처벌하라!"

"호랑이의 요권을 보장하라!"

"보장하라! 보장하라!"

아침 일찍부터 들리는 괴상하고 시끄러운 소리에 졸린 눈을 비비며 뜬 나는 늘어지게 하품을 하며 방 밖으로 나갔다. 이런 상황에서 계속 잘 수 있는 건 랑이밖에 없겠지.

"도대체 뭔 소리야……."

아직 잠에서 덜 깬 상황에서도 확성기를 통해 들리는 선동 문구와 그에 화답하듯 하나가 되어 외치는 어린아이들의 목소리는 지금 한가로이 배나 긁을 때가 아니라는 것을 깨닫게 해 주었다. 일단 깨워 보기는 했지만 꿈나라에서 돌아오지 않으려고 애쓰는 것으로 끝나지 않고 오히려 나를 이불 속으로 유혹하는 랑이를 제외한 가족들은 모두 거실에 모여 심각한 표정으로 창밖을 바라보고 있었다.

"이제 일어났어?"

아, 한 명 제외. 나를 한심하다는 듯이 보는 나래에게 뭐라 할 말이 없던 나는 다른 아이들과 같이 창밖으로 시선을 돌렸다. 그곳에 있는 것은 지금도 남아 있는 내 수면 욕구를 한 방에 날려 버릴 정도로 강렬한 광경이었다.

우리 집 마당을, 무단 침범한 수십 명의 사람, 아니, 요괴들이 점거하고 있었다. 정말 각양각색의 요괴들이 모두 모여 있어서 어떤 종류의 요괴들이 왔는지 다 말하기 곤란할 정도다. 그럼에도 공통점이 있다면 그 요괴들은 모두 어린아이의 모습이었다는 것과 집회자의 성명을 복창하고 있다는 것이다.

집회자, 지금 확성기를 들고 단상 위에서 열심히 말도 안 되는 소리를 외치고 있는 녀석은 뒷모습만 봐도 누구인지 확실하게 알 수 있었다. 뒷모습이 랑이를 쏙 빼닮았으니까. 다른 게 있다면 머리카락이 까맣다는 것과 빨간색 머리띠를 두르고 있다는 것 정도? 저런 녀석이 세상에 두 명이나 있을 리 없지.

냥이다.

자신의 창귀인 가희는 어디 갔는지 보이지 않는다.

내가 그 노출도 높은 창귀를 찾기 위해 두리번거리고 있을 때 냥이가 외쳤다.

"호랑이를 성적으로 착취하는 강성훈은 물러나라!"

"물러나라! 물러나라!"

뿌린 대로 거둔다는 옛말이 생각나는군.

열심히 나를 때려죽여도 모자라서 시체를 불태워도 모자랄 놈으로 만들고 있는 냥이 말고도 마당에 있는 요괴 중에서 눈에 익은 아이는 한 명 더 있었다. 자신의 영역을 침범당해서 그런지 네 발로 엎드려서 꼬리를 바짝 세우고 지금이라도 달려들 기세로 으르렁거리고 있는 바둑이 말이다. 흉흉한 기세이긴 하지만 지금 당장은 달려들 것 같지 않다. 진짜로 그럴 생각이었다면 지금 당장 집 안으로 들어와서 내게 천진난만한 목소리로 물어보겠지. '도련님, 저 요괴들 다 죽여도 돼요?' 같이 말이야. 지금은 아직 여유가 있다는 말이다. 그렇기에 나는 지금 이 상황에서 누구보다 설명을 잘 해 줄 수 있는 녀석에게 말을 걸었다.

"이게 무슨 일이야?"

"당했습니다."

말은 그렇게 하는데 표정은 전혀 당한 것처럼 보이지 않는 세희가 갑자기 팡파르를 터트리며 나팔을 불더니 말을 이었다.

"당했습니다."

넌 전생에 광대임에 틀림없다.

"그래서 뭔데?"

"반응이 없으니 재미가 없지 않습니까?"

"지금 재미 따질 상황이냐."

내가 딴죽을 걸 생각이 없다는 걸 알았는지 세희가 작게 한숨을 쉬었다.

"이런 상황에서도 여유를 찾을 수 있어야 심적으로 지치지 않을 수 있습니다."

핑계 한번 좋다.

"그건 나중에 신경 쓸 테니까 지금은 이 상황에 대한 정리부터 좀 해 줘라. 안 그러면 지금 당장 지쳐서 쓰러지겠다."

세희는 어깨를 들어 올리고 손을 흔들며 나를 바보 취급한 뒤 내 시선이 날카로워지는 것을 보고서는 말했다.

"저희가 견우, 직녀성에 유배당하고 있는 사이에 냥이 님께서 꽤나 노력을 하신 것 같습니다."

하긴 노력을 한 것같이는 보인다. 우리 집 마당에 가득 찬 요괴 아이들을 보니까 말이다. 전에 아야 때문에 요괴 마을에 갔을 때 나를 대한 요괴 아이들의 태도를 생각해 보면 이게 얼마나 힘든 일인 줄 알 수 있을 것이다.

"마당이 전부가 아닙니다."

"응?"

"아우우우, 오라버니는 안경이 필요한 거예요."

[시아를 넓혀야 함.]

어느새 다가온 치이와 폐이의 말과 글에 나는 그제야 깨달을 수 있었다. 요괴들이 자리를 차지한 건 우리 집 마당뿐만이 아니었다. 담벼락, 지붕, 골목 등 빼곡하게 요괴들이 자리를 차지하고 있었다. ……마당에 정신이 팔려서 못 본 건가?

"아닙니다."

나는 아무 말도 하지 않았지만 세희가 제멋대로 대답했다. 그 상냥한 모습을 다른 쪽으로도 써 줬으면 하는 바람이 있다.

"저치들의 힘이 너무나 약해서 도련님의 영안에 보이지 않았던 것뿐입니다. 조금 전까지 보이지 않았던 요괴들은 마치 아지랑이 같은 것들로 주의를 집중하지 않으면 도련님께서 보지 못할 정도, 간단한 예를 들면 용구슬을 일곱 개 모으는 만화의 기준으로 따지면 전투력 2에도 못 미치는 미약한 것들이지요."

농부 아저씨보다 약하다는 말이로구나.

"친절한 설명은 고마운데 마음대로 생각을 읽지는 마라."

나는 퉁명스럽게 대꾸하고 계속해서 나에 대한 끔찍한 소문을 인용하고 있는 냥이를 가리키며 말했다.

"그보다 저 녀석은 도대체 뭔 짓을 벌이고 있는 거야?"

"여기 있습니다."

나는 세희가 건네주는 안경을 받지 않았다.

"시위를 한다는 것 정도는 나도 봐서 알아."

나는 세희가 건네주는 보청기도 받지 않았다.

"지금 무슨 구호를 외치는지도 잘 들리거든?"

세희는 고개를 떨어뜨리며 슬픈 목소리로 말했다.

"불행히도 머리가 좋아지는 약은 없습니다."

그러면서 은근슬쩍 소매에서 모자 꺼내지 마라.

"아우우우, 오라버니는 지금 무슨 난리가 났는지 모르시는 거예요?"

"알아."

"그러면 어떻게 좀 해 봐."

나래의 매서운 목소리를 보아 소꿉친구 분께서 심기가 매우 불편하시다는 것을 깨달았다. 인상을 찌푸리며 팔짱을 끼고 발로 바닥을 탁탁탁 치면서 서 있는 지금의 모습을 보면 누구라도 알 수 있겠지. 그러니까 이만 제 옆구리에서 손을 떼셔도 됩니다.

"잠깐, 왜 그렇게 화가 났어?"

"그야 저 바보들이 널……."

나래는 말을 하다 말고 뭔가 분한 듯이 아랫입술을 깨물고는 그대로 내 옆구리를 꼬집었다.

"아야얏!"

"당연히 저 소리 때문에 깼으니까 그렇지!"

옆구리가 떨어져 나갈 것 같은 격통 속에서도 나는 내가 욕먹는 상황에 나래가 화가 났다는 사실을 알 수 있었다. 우리 상냥하신 나래 님. 이왕이면 그 손에도 상냥함을 담아 주셨으면 합니다. 그렇게 돌려서 표현하면 보통은 알아듣기 힘들다고요.

내 마음이 닿았는지 나래는 흥 하고 콧소리를 내며 내 옆구리에서 손을 떼 줬고 그제야 난 세희에게 물어볼 수 있었다.

"저 녀석이 애들 끌고 와서 시위를 하고 있다는 건 나도 잘 알고 있으니까 이제 이유 좀 알려 줘라."

"지금 막 시위 성명을 하려는 것 같으니 직접 들어 보시면 아실 수 있을 겁니다."

그래서 나는 시위대를 향해 손을 들어 조용히 만든 다음에 빨간색 확성기에 대고 연설을 하기 시작한 냥이의 이야기에 귀를 기울이기로 했다.

"친애하는 요괴 아이들이여! 순결과 목숨의 위협이 있는데도 이곳에 모인 것이 참으로 대견하느니라!"

처음부터 딴죽을 걸고 싶은 부분들이 넘쳐나고 있다.

"냥이가 저런 녀석이었나?"

걸고 싶으면 걸어야지. 순결과 목숨 부분은 워낙 말이 안 되는 이야기라 무시다.

"안에서 새는 바가지라고 할지라도 밖에서는 안 새는 것같이 보여야 팔리는 법입니다."

대외 선전용이라 이거지?

"우리들의 진정한 왕이 될 흰둥……, 크흠, 호랑이가 환웅과 웅녀의 꼬임에 넘어가 봉인된 지 언 5천 년이 흘렀느니라. 그 이후 우리가 당한 수모가 얼마나 많았느냐?!"

군중 속에서 별의별 소리가 다 들려오기 시작했다. 곰의 일족에게 멸족당한 요괴가 있다부터 시작해서 인간들에게 살해당하고, 노예로 잡혀 사육당했다는 이야기까지 참 다양하다. 나는 뒤로 돌아 서민 요괴라고 할 수 있는 치이와 페이를 보며 말했다.

"……그랬냐?"

"……거짓말은 아닌 거예요."

[인간을 죽인 요괴의 수가 많으면 연좌제로 그 일족이 멸족당함. 옛날에는 힘이 약한 요괴를 종으로 부리는 인간도 있었음.]

"마을에서 벗어나서 살면 요괴세가 오르기도 했던 거예요. 세금 폭탄 맞고 파산한 요괴들도 많은 거예요."

[활동 범위 좁아서 먹고 살기 힘듦.]

나는 하나하나 이야기를 꺼내기 시작한 치이와 페이의 어깨에 손을 올려 내 품으로 끌어안아 주었다.

"꺄우우우우?"

[HUG HUG.]

꿈틀꿈틀하는 치이와 자기가 알아서 파고들어 몸을 비비는 페이를 서로 다른 이유로 꽉 껴안는다. 너희들은 정말 힘들게 살아왔구나.

"그리고 드디어! 드디어 호랑이의 봉인이 풀릴 때가 되었느니라!"

나는 혹시나 하는 생각에 세희를 보았다. 지금 상태로 봉인이 풀리면 랑이에게 어떤 일이 벌어지는지 냥이가 아는지에 대해 궁금해서였다. 역시나 세희는 내 기대를 저버리지 않았다.

"듣기 지루하시다면 제가 나중에 정리해 드릴 테니 씻으러 가시겠습니까?"

"그게 아니라는 거 알잖아."

세희가 내 속을 잘 아는 걸 지금 이용해 먹지 않으면 언제 이용해 먹겠냐.

"그건 저만 알고 있겠지요."

그렇군. 아무리 냥이라고 해도 그 사실은 모르는구나.

"그런데……. 그런데!!"

냥이의 목소리가 격해지는 것으로 모자라 꽉 쥔 주먹부터 몸까지 부들부들 떨리기 시작한다.

"우리 착하고 귀엽고 순진한 호랑이를 세 치의 혀로 속인 인간이 나타났느니라! 너희들도 그자가 누구인지 알고 있을 것이니라!"

내 평생 내 이름이 이렇게 열렬하게 불릴 날이 올 거라고는 상상도 하지 못했다.

"모르는 사람이 들으면 내가 무슨 연예인인 줄 알겠네."

"그래서 좋아?"

나래의 싸늘한 목소리에 쓴웃음이 지어진다. 악의에 가득한 목소리로 불려서 좋아할 사람이 어디 있겠어? 그래서 그다음부터는 귀 기울여 듣기를 포기했다. 보나마나 내 악담만 가득할 테고 실제로도 그랬으니까. 내가 다시 신경 쓰며 들은 것은 강성훈은 살아 있는 것 자체가 우주의 엔트로피에 해가 되는 놈이라는 이야기가 끝난 뒤였다.

"이에 우리는 선언한다! 우리의 왕을! 왕이기 전에 우리와 같은 한 명의 어린 소녀를! 나에게 있어서는 사랑스러운 동생을! 저 흉수의 손에서 구해 낼 때까지! 우리는 비폭력 무저항의 정신에 입각하여! 우리들의 승리를 쟁취 할 것이라고!!"

함성 소리가 시끄러운 가운데 나는 냥이가 말한 비폭력 무저항이라는 단어를 가지고 잠시 생각에 잠겼다. 하지만 곧 저 압도적인 광경에 넋이 나가 지금까지 신경 쓰지 못한 것이 있다는 것을 깨닫고 급히 세희에게 물어보았다.

"저래도 괜찮냐? 이러다가 소동 일어나는 거 아니야?"

지금 당장 경찰이 출동해서 시위대를 해산시켜도 이상하지 않을 지경인데 말이야.

"평범한 인간은 보지도 듣지도 못할 것입니다."

나는 나도 모르게 나래를 보았다. 합법적으로 얼굴을 묻을 수 있다면 세상이 아름다울 것 같은 가슴골에서 너클을 꺼내는 것으로 나래는 자신이 예비생이라 할지라도 곰의 일족이라는 사실을 증명해 보였다.

"아시다시피 저도 모르게 본 겁니다, 나래 님."

"알긴 아는데 그래도 짜증 나서."

"알아주시면 일단 그건 집어넣어 주시죠."

"내가 이걸 왜 꺼냈는지 너도 알잖아?"

"제가 평범한 인간이라서 한 대만 맞아도 죽는 다는 것도 아시겠죠."

나래가 너클을 집어넣어 줘서 고맙다. 그러는 사이에 단상에 올라와있던 냥이는 몸을 돌려 이쪽을 보았다. 자연스럽게 나와 눈이 마주친다. 냥이가 안 그래도 반짝거리는 눈동자를 더욱 빛내며 도발적인 미소를 짓고서 손을 들어 올렸다. 그거 있잖아, 그거. 시위하는 분들 보면 노래에 맞춰 팔을 위아래로 흔드는 거. 딱 그 준비 자세다. 내 생각대로 냥이의 팔이 움직이자 동시에 어린아이들의 목소리가 하나가 되어 노래가 울려 퍼졌다.

"로리콘 범죄자는 먹지도 말라~ 강성훈은 살지도 말라~ 로리콘! 나쁜 놈! 범죄자 인간! 아청법으로 단죄하리라~!"

……명곡이군. 원래는 일하지 않는 자는 먹지도 말라~라고 시작하는 노래가 저렇게 개사가 되니 할 말이 없을 정도다. 특히 내게 보란 듯이 썩은 미소를 지으며 힘차게 팔을 흔드는 냥이를 보니까 머리가 지끈지끈 아파 온다. 이래도 아프고 저래도 아프다면 세희한테 아픈 게 낫겠지.

"어떻게 생각해?"

"무엇을 말입니까."

"지금 상황에 대한 네 생각."

"도련님의 기억력이 형편없다는 것을 깨달을 수 있었습니다."

개돼지가 될 생각은 없다.
“생각 정도는 물어볼 수 있잖아? 결정은 내가 할 거니까.”
“그냥 확인을 한번 해 본 것뿐입니다.”
아까부터 계속 아무것도 모르겠다는 듯이 잡아떼는 세희를 성불시키고 싶어지는 건 지금 내가 정신적인 타격을 상당히 받았다는 반증이 되려나.
“확인은 한 번만 해라. 도대체 몇 번이나 하는 거야.”
“돌다리도 두들겨 보고 건너라는 말이 있지 않습니까?”
“내 다리를 부러뜨릴 생각이 아니면 그만해.”
“싫습니다.”
이래야 세희답지.
“됐으니까 네 의견이나 말해봐.”
“도련님에 의해 이야기를 해결해 나가는 중요한 인물의 역할을 맡은 이상 제 견해를 말씀드릴 수밖에 없겠군요.”
서론이 길다.
“지금 중히 여기실 것은 냥이 님께서 지금까지와는 다르게 공명정대한 방법으로 주인님을 도련님과 헤어지도록 만들겠다 결심한 것이겠지요. 주인님과 도련님께 겁을 먹을 수밖에 없는 약한 요괴들만을 데리고 왔으며, 비폭력 무저항을 내세워 주인님과 까치 님, 페이 님을 구해 내겠다는 선동 문구를 제창하시는 것을 보면 정면 승부를 거셨다고 보셔도 좋을 것입니다. 명분을 내세워 도련님과 싸우겠다는 것이지요. 도련님께서는 지금 그렇다 할 명분이 없으니까 말이죠.”

세희가 빙긋 웃고서는 얼굴을 가까이 대더니 남들에게는 안 들릴 정도의 작은 목소리로 내 귀에 속삭였다.

"과거의 제가 그렇게 만든 것도 있습니다만, 못미더웠던 도련님."

그런 말 하면서 숨 불어 넣지 마라. 기쁜 듯이 미소 짓지도 마.

"그러면 난 어떻게 하는 게 좋을까?"

"안타깝게도 더러운 수는 더 이상 쓰지 못하게 되었습니다. 이것 참 큰일이로군요."

웃지 말라고.

"처음부터 쓸 생각이 없었거든? 난 쓴 적도 없었고?"

"그러면 왜 제게 물으셨습니까?"

그렇군. 난 대화 상대를 잘못 골랐다. 나는 나래에게 시선을 돌렸다.

"어떻게 하는 게 좋을까?"

"왜 내가 두 번째야?"

……지금 그게 중요한 게 아니잖습니까, 나래 님.

나는, 자신에게 먼저 의지 안 했다는 사실에 살짝 삐친 나래에게 어색한 미소를 지으며 봐달라는 눈빛을 보냈다. 사과의 눈빛이 통했는지 나래는 흥 하고 콧김을 내쉬며 팔짱을 꼈다. 모르는 사람이 보면 아직도 화가 났다고 생각하겠지.

"너, 뉴스 안 보지?"

"심심하면 보긴 보는데."

"그래 가지고 나중에 논술이나 면접 때 어쩌려고 그래?"

그런 먼 미래의 일을 벌써부터 고민하고 싶지 않고, 사실 그런 날이 올 것 같지도 않다.

“이는 마치 군대 갈 날이 오지 않을 것이라 생각하는 10대 남자아이와 같군요.”

“나 10대 맞다. 그보다 끼어들지 마.”

나는 다시 나래에게 말했다.

“이럴 때는 내가 어떻게 하는 게 좋을 것 같아?”

“의지하라고 했지만 그렇다고 아무 생각도 하지 말라고 한 건 아니야. 너도 뉴스를 봤으면 이럴 때 어떻게 해야 할지는 알 거 아니야?”

여심이란 왜 이렇게 어려운 건가요. 양호실에서 내 손을 감싸 안아 주며 상냥한 미소를 지어 주던 우리 나래는 어디 갔나요. 그래도 힌트를 줬다는 걸 생각하면 나래답다고 해야겠지. 나래가 뉴스를 언급해서 떠오른 게 있거든. 뉴스에서 가끔씩 파업 이야기나 시위 관련해서 이야기가 나오면 언제나 이런 말이 이어지곤 했다.

“대화를 통해 협상을 하라는 거지?”

“아우우우? 오라버니가 생각이 있는 거예요.”

[내일 지혜열로 쓰러짐. 병간호 예약.]

“안 되는 거예요! 오라버니가 앓아누우면 제, 제가 아, 아앙 해 드리는 거예요!”

[아앙 양보. 대신 난 알몸 난로 할 거임.]

“그, 그러면 저는 땀이 나게 해드리는 거예요!”

직녀성에 있었던 시간이 우리 치이를 망가뜨렸어요.

이런 상황에서도 일어나지 않으며, 내가 이제 잠 좀 깨라고 들어 올리자 자신은 더 잘 것이라는 의지를 바닥에 깐 요를 네 발로 움켜쥐며 투정부리는 것으로 표출한 랑이는 나중의 히든카드로 쓰기로 결정하고 나래와 세희, 둘하고만 같이 현관문 밖으로 나섰다. 치이와 폐이를 데리고 나가면 시위가 더 격렬해질 것 같다는 나래의 의견 때문이었다. 나래의 생각은 옳았다. 그 둘이 없는데도 내가 밖으로 나간 순간 노래를 부르는 요괴 아이들의 목소리가 더욱 높아졌으니까. 대부분이 내 인성을 비하하는 내용인 그 소리에 몸과 마음이 아플 정도였지만 나는 질풍노도의 청소년이 기본적으로 갖추어야 할 소양인 반항심으로 버텼다. 협상 같은 건 해 본 적이 없어 잘 모르지만 약한 모습을 보이면 안 된다는 생각에서 한 일이었다. 하지만 나래가 작은 귀마개를 꺼내 쓰고 세희가 헤드셋으로 소음을 차단함으로써 나는 바보가 됐다.

"나오셨어요?"

아니, 그래도 내 편이 한 명 있었구나. 지금까지 전투태세를 풀지 않은 바둑이가 고개도 돌리지 않고 냥이와 시위대에게 시선을 고정시킨 채 평소에는 상상도 못 할 으르렁거리는 목소리로 내게 말했다.

"도련님, 저 요괴들 다 죽여도 돼요?"

……내 말 맞지? 순진하게 말하지만 그 기백이 무시무시해서 옛날에 치이가 처음 왔을 때가 떠오를 정도다. 목소리에까

지 적의가 가득 차 있는 걸 보아 지금까지 달려들고 싶은 걸 꾹 참고 경계만 한 것 같다. 바둑이는 충실한 개라서 함부로 행동하지 않은 거겠지.

"아니, 그러지 마. 잘 참았어."

자기 영역인 마당을 침범한 요괴들이 있음에도 나를 생각해서 지금까지 잘 버텨 준 바둑이의 머리를 쓰다듬어 주고,

쓰다듬어 주고,

쓰다듬어 주고,

쓰다듬어 주다가 하마터면 정신을 잃을 뻔했다. 위험했네.

"하우우웅~."

기분 좋아하는 바둑이의 목소리 때문에 나도 모르게 손이 한 번 더 갈 뻔했지만 뒤통수에 느껴지는 칼날 같은 살기를 가득 담은 나래 여왕님의 시선에 손을 거둘 수 있었다.

"지금부터는 내가 알아서 할 테니까 평소처럼 쉬고 있어."

"정말요?"

"응."

"알겠어요, 도련님."

바둑이는 내 말을 듣자마자 엎드린 자세 그대로 옆으로 쓰러지듯 누워서 쿨~ 하고 순식간에 잠들어 버렸다. ……날 믿어 주는 건 고맙긴 한데 조금 복잡한 기분이 드는구나, 바둑아. 나는 잠든 바둑이를 지나쳐 단상 위에 있는 냥이의 앞에 섰다. 단상 때문에 나와 냥이의 시선이 일직선상에 있다. 나는 입을 열기 전에 손가락으로 내 귀를 툭툭 건드렸고 냥이는

여유롭게 웃고서는 주먹을 쥐는 것으로 노래를 그치게 했다. 이제야 좀 살겠네.

"둔하기가 상 차리고 밥 먹으라고 불렀을 때 방구석에서 기어 나오는 자식 놈 같구나."

생활감 물씬 풍기는 예시는 여전하구나.

"이쪽도 사정이라는 게 있으니까."

"하! 입을 열어 할 줄 아는 게 변명뿐이라니, 냉동실 구석에 자리 잡은 쉰 김치 같은 놈이로다."

"협상하려고 나온 사람에게 말하는 꼴 좀 봐라."

냥이가 코웃음을 쳤다.

"협상? 협상이 무엇이느냐? 우리에게는 투쟁밖에 없느니라!"

대화의 기본이 안 되어 있다.

"우리가 바라는 것은 단 한 가지! 갈지 않은 불판같이 시꺼먼 네 손아귀에서 우리 호랑이와 어린 요괴들을 구해 내는 것이니라!"

그 즉시 터져 나온 요괴 아이들의 함성에 몸이 찌릿찌릿 울린다. 나는 완전히 악의 축이구나. 요괴 아이들의 외치는 욕설에 마음이 닳는다. 인간의 존엄성이 깎여 나가는 건 이렇게 쉬운 일이었구나.

"주인님을 위해 감수하시기로 한 일 아니었습니까?"

용기를 줘서 고맙다, 세희야. 나는 한숨을 푸욱 쉬는 것으로 마음을 다잡고서 냥이에게 말했다.

"이곳에서는 제대로 된 대화가 안 될 것 같으니까 일단 들어가서 이야기하자. 저 시위대는 일단 해체시키고."

"내가 왜 그런 짓을 해야 하느냐?"

냥이의 질문은 타당하다. 거부를 하는 것도 당연한 거다. 하지만 나는 냥이에 한해서는 무조건 통할 수밖에 없는 카드를 가지고 있다.

"그러면 일단 조용히 시키든가. 이러다가 랑이 깨겠다."

냥이의 입이 떡 벌어졌다. 입 안에 손가락을 넣고 싶었지만 그랬다가는 쓸모없는 싸움이 일어날 것 같으니 참자.

"……흰둥이, 그것은 이 난리 통에 잠들어 있다는 말이느냐?"

어이가 없어 보이는 냥이에게 나는 고개를 끄덕여 줬다.

"어제 밤늦게까지 놀아 줬거든. 아, 말 그대로 놀아 준 거다. 딴 생각 하지 마."

나래와 세희에게 당한 게 워낙 많다 보니 나도 모르게 설명까지 하게 되는군.

"흥! 3분 스프에 들어가는 건더기만큼 작은 네 용기로는 흰둥이를 건드릴 수 없다는 것 정도는 알고 있느니라."

이 시위의 근간을 뒤흔드는 말이었지만 냥이의 목소리가 워낙 작아서 다른 요괴들의 귀에는 들어가지 않은 것 같다. 아쉽네.

"하지만 네 의견은 내가 어찌할 수 있는 일이 아니니라. 이 아이들은 모두 자신의 목숨을 바쳐서라도 흰둥이를 지키겠다는 의지로 모였으니 말이니라."

"너의 설득을 통해 말이지."

"내가 그 선봉에 선 것은 사실이지만 아이들의 자유 의지까지 내 마음대로 할 수 있는 것은 아니니라. 이 아이들은 네가 흰둥이를 놓아줄 때까지 이곳에서 단식 투쟁을 벌일 것이니라."

냥이가 입을 다물자 요괴 아이들 사이에서 함성이 터져 나왔다.

"맞다!!"

"호색한은 물러나라!"

"요권을 보장하라!"

"우리도 생명이 있다!"

"우리는 인간의 노리개가 아니다!"

"강성훈을 물리치자!"

단식 투쟁이라니. 일이 생각보다 심각하네. 나는 잠시 고개를 돌려 세희를 보았다.

"요괴들은 힘이 전부라고 들었는데, 저 녀석들은 왜 저러냐."

세희는 손가락으로 자기 뒤쪽, 그러니까 집을 가리키며 말했다.

"이미 그렇지 않은 분들을 몇 번이나 봐 오셨으면서 그런 말씀을 하십니까."

그래. 내가 잘못했으니까 한강에 떠다니는 쓰레기를 보는 눈은 그만해라. 본전도 못 찾은 나는 다시 냥이를 보며 말했다.

"그래도 일단 네가 책임자잖아."

"내가 질 책임은 아이들의 의지에 반하는 것에 기초하지 않으니라."

당당하게 말하는 냥이가 내심 멋있어 보였다. 도대체 이런 생각까지 할 수 있는 애가 **왜 어린애의 모습으로 있는지 이해가 안 된다니까.**

"좋아. 그러면 해산은 안 해도 좋으니까 조용히만 시켜. 그리고 들어가서 이야기를 하자. 그편이 네게도 좋잖아?"

냥이의 입가에 짙은 비웃음이 맴돌았다.

"왜 그렇게 생각하느냐?"

그거야 당연한 거 아닌가.

"아무리 내가 멍청해도 네가 뭔가 목적이 있어서 이런 일을 벌였다는 것 정도는 안다. 그리고……."

나는 깊은 한숨을 내쉬고 말을 이었다.

"그건 아마도 랑이와 관련이 있을 테고."

아마도가 아니라 확실한 이야기겠지만.

"계속 지껄여 보거라."

"네 녀석은 이 요괴들을 모아서 시위를 벌이고 있다. 그 말인즉, 네 녀석은 랑이가 요괴의 왕으로서 자각을 가지기 시작했다는 것에 중점을 두었다는 거지."

냥이는 이미 예전에 말한 적이 있다.

"이제 흰둥이는 너만을 볼 수 없느니라."

랑이의 시야에 다른 요괴들이 들어왔다는 이야기다. 그것과 연관해서 생각해보면 냥이는 랑이에게 나와 요괴들, 그 둘 중에서 요괴를 선택하도록 만들기 위해서 이런 준비를 했을 것이라는 답이 나온다.

"거기다 너는 이미 비폭력 무저항이라고 대 놓고 말했다. 그렇다면 남은 건 대화를 통한 해결밖에 없지. 그러니까 이상한 소리로 떠보지 말고 들어와라."

이 정도면 나도 옛날에 비해서 꽤나 잔머리를 잘 돌리게 된 것 아닐까?

"흥……."

냥이는 내가 자신의 생각을 읽었다는 것에 기분 나빠하는 표정을 지었다. 랑이의 쌍둥이 언니라서 그런지 표정을 읽기가 쉽네.

"네 녀석, 생각이 아예 없는 것은 아니로구나."

내 취급이 너무 심해서 울고 싶다.

첫 번째 이야기

요괴 아이들에게 손을 흔들어 열렬한 환호를 이끌어 낸 냥이는 당당하게 거실로 들어왔다. 마당에서는 수많은 요괴 아이들과 숙면을 취하는 바둑이 간의 대립 같지 않은 묘한 대립이 시작되었고, 집 안에서 기다리고 있던 치이와 페이는 냥이가 들어오자마자 화들짝 놀라서는 머리카락을 빙빙파닥파닥거리며 재빨리 자신들의 방으로 숨어 들어갔다.

"……흥."

냥이는 그 모습을 보고 어딘가 언짢은 듯한 소리를 냈다. 자신을 피하는 까막까치 녀석들을 보고 냥이가 서운해하는 게 아닐까, 하는 생각이 들어 한 마디 하고 말았다.

"인제 와서 치이와 페이에게 다 너희들을 위한 행동이었다는 말은 하지 마라."

냥이가 콧방귀를 뀌었다.

"김치찌개에 은행 넣는 소리를 하고 자빠져 있구나. 나는 단지 저것들이 제 역할을 이루었다면 이렇게까지 되지는 않았을 거라는 생각을 하고 있었느니라. 내 생각대로 움직였다면 일이 쉽게 풀렸을 텐데, 쯧. 쓸모없는 것들."

오호라, 이 녀석. 내 화를 제대로 돋우는 방법을 알고 있구나!

"넌 도대체 치이하고 페이를 뭐라고 생각하는 거야?!"

"장기 말도 제대로 되지 못한 얼간이들이라고 생각하느니라."

진심으로 화가 치밀어 올랐다.

"넌 엉덩이 좀 맞아야겠다."

"어디 한번 해 보거라. 그 순간, 네 손모가지가 냉채에 들어가는 오이 꼴이 될 테니."

대화의 장을 열기 전에 일단 주먹부터 오가야 할 것 같다. 나는 주머니에서 웅녀의 뼈 몽둥이를 꺼내 크게 만들어 손에 쥐었고 냥이는 지지 않고 부적을 꺼내 들었다.

"대화에 앞서서 그러시면 아니 되옵니다."

그리고 내 목에는 어느새 나타난 가희의 창날이,

"도련님께 너무 많은 것을 바라는 것 아닙니까?"

냥이의 목에는 세희의 손날이 들이대어졌다.

"오랜만이옵니다, 세희 님."

"안 보이기에 어디 갔었나 생각하고 있었습니다. 그리고 그 말투, 바꾸라고 했습니다만."

"미천한 것은 고귀하신 분들께 이리 말씀 올리는 게 편하옵니다."

"그런 구태의연한 사고방식으로 살고 있으니 발전이 없는 겁니다."

"발전이 없는 것은 세희 님의 가슴 크기라 생각하옵니다."

"그런 식의 수준 낮은 도발이 먹힐 거라 생각하십니까?"

내가 보기에는 충분히 먹힌 것 같은데.

나와 냥이, 그리고 세희와 가희가 느와르 액션 영화에서나 나올 법한 장면을 연출하며 집 안이 언제 터질지 모르는 화약고가 돼 버린 이때!

"이 바보들이 지금 뭐 하는 거야?!"

나래의 주먹이 불을 뿜었다.

""아얏?!""

나와 냥이에게 꿀밤을 먹인 나래는 팔짱을 끼고서 자신에게 맞았다는 사실을 제대로 받아들이지 못하고 있는 우리들에게 말했다.

"너희들은 대화의 기본적인 자세가 안 돼 있어. 당장 그것들 집어넣어."

평소에 길들여질 대로 길들여진 나는 반사적으로 나래의 말에 따라 웅녀의 뼈 몽둥이를 작게 만들어 주머니 속에 넣었지만 냥이는 달랐다. 꿀밤이 아팠는지 살짝 눈망울을 적시며 눈썹을 찌푸리고 자꾸 손이 머리로 올라가려는 걸 억지로 참으면서 나래를 올려다보는 모습이 마치 내게 억울하게 혼나서 삐친 랑이를 연상하게 한다.

"한 사람 몫도 못하는 곰의 일족 주제에 감히 나를 때렸겠다?!"

나래가 눈썹을 추켜세우고 아랫입술을 깨무는 걸 보니 화가 많이 났구나. 나래는 자신에게 힘이 없어서 나와 랑이를 제대로 도와주지 못했다고 생각하는 경향이 있어서 그렇겠지.

……예. 저 때문입니다. 제가 죽일 놈이죠.

"내가 제대로 된 곰의 일족이 아닌 거하고 지금 너를 때린 거하고는 아무런 상관도 없거든? 너희들이 대화를 한다면서 바로 싸우는 꼴이 한심해서 정신 좀 차리라고 때린 거니까, 불만 있으면 말해 봐!"

나는 할 말이 없고 있어도 할 생각이 없지만 냥이는 달랐다.

"설령 그렇다 치더라도 너는 나에게 손을 댈 자격이 없느니라!"

"있어!"

나래는 가볍게 냥이의 말을 부정했다.

"넌 랑이의 언니잖아?"

나래의 말이 잘 이해가 안 되는 건 냥이도 마찬가지였나 보다.

"그, 그게 무슨 상관이느냐?"

"랑이의 언니면 내 동생이기도 하다는 이야기야. 동생이 잘못해서 꾸짖는 거에 도대체 뭐가 문제가 있다는 거야?"

냥이가 말을 잃었다. 나래의 말에 설득당한 것이 아니라 그 말 자체가 너무 황당해서 할 말을 잃었다는 것을 동그래진 눈동자와 살짝 벌어진 입술이 말해 준다.

"그, 그게 무슨 억지이느냐?!"

봐. 내 말이 맞지.

"네가 흰둥이하고 친하게 지낸다 해도 그건 흰둥이와의 이야기일 뿐이니라! 그런데 어떻게 그런 식으로 이야기될 수 있는 것이느냐? **그리고 흰둥이의 언니는 나 하나뿐이니라!**"

뭔가 중점을 두고 있는 쪽이 이상한 것 같군.

"그건 랑이한테 따지든가. 그리고 나한테는 그게 말이 되거든?"

나래가 이 정도로 억지를 부리는 모습은 처음 보기에 나도 할 말을 잃었다. 나래가 왜 저러지? 평소의 나래라면 저런 말을 할 리가 없다.

"억지! 억지이니라! 네 말은 이치에 맞지 않으니라!"

냥이가 거의 귀를 물린 호랑이같이 화를 냈지만 나래는 고개를 돌림으로써 대화를 이어 갈 생각이 없다는 것을 몸으로 보여 줬다. 냥이 입장에서는 말 그대로 억울해서 미치고 팔짝 뛸 심정이겠지. 나? 나는 단지 궁금할 뿐이다. 그래서 시선이 마주쳤을 때 슬쩍 눈빛으로 물어봤다.

왜?

나래의 시선이 치이와 페이가 들어간 방 쪽으로 향한다. 그것으로 충분했다.

……치이와 페이에 대해서 냥이가 한 말에 나래도 나만큼 화가 났었구나. 그래서 약간 억지를 부리면서 때린 것 같다.

그런 생각을 하고 있을 때 세희가 먼저 냥이의 목에서 손을 치우며 말했다.

"어찌되었건 서로 대화로 풀어 나가는 게 좋겠습니다."

"세희 님께서 그리 말씀하시니 소첩도 따르겠사옵니다."

다시금 대화의 장이 열릴 준비가 되었다.

"왜? 내가 왜 맞아야 했느냐?! 이건 말도 안 되느니라! 이 문제에 대해서 제대로 설명하지 않으면 그냥 넘어가지 않을 것이니라!"

목에서 세희의 손이 떨어지자마자 실제로 방방 뛰기 시작한 냥이를 제외하면.

"나도 맞았으니까 그냥 좀 넘어가지?"

"그게 도대체 무슨 상관이느냐? 저 가슴만 큰 곰의 일족 예비생에게 맞을 이유가 난 없었느니라!"

아무래도 적당한 먹이를 던져 줘야 할 것 같아.

"중재를 하느라 그랬다고 생각해라."

내 말에 냥이는 아주 잠시 입을 다물었지만 이내 곧 고개를 저었다.

"그 또한 인정할 수 없느니라!"

한 대 맞았다고 아주 난리를 치는군. 두 대 맞으면 울 기세고 세 대 맞으면 방바닥을 구를 것 같다. 이러다가는 시간만 낭비할 것 같기에 어쩔 수 없이 내가 희생하기로 했다.

"나래야, 잠깐 이리 와 봐."

"왜."

부른다고 오면 나래가 아니다.

"잠깐만."

"네 꿍꿍이, 다 보이거든?"

"……그러면 좀 봐줘."

"……흥."

나래는 아직 화가 덜 풀린 모습으로 내게 다가왔고 나는 지옥 불에 뛰어드는 것 같은 각오와 용기를 가지고 나래에게 꿀밤을 때렸다.

"아파! 너, 진짜로 때렸지?!"

나는 겨울잠을 방해 받은 곰처럼 화난 나래를 애써 무시하며 일련의 행동을 지켜보고 있던 냥이에게 말했다.

"됐냐?"

냥이는 뭔가 말을 하고 싶어 하는 눈치였지만 이내 랑이라면 절대 하지 않을 깊은 한숨을 푸욱 내쉬었다.

"……됐느니라. 네 광대놀음에 이 일을 가지고 더 이상 왈가왈부해 보았자 의미가 없다는 걸 알아 버렸으니, 더 이상 하고 싶은 말도 없느니라."

거의 체념에 가까운 목소리였지만 어쨌든 넘어갈 수 있게 되었으니 다행이다.

"너, 나중에 죽었어."

힘내라, 미래의 나.

나와 냥이가 상을 가운데 두고 마주 앉은 채로 내 옆에는 나래와 세희가, 냥이의 뒤에는 가희가 앉은 채로 대화가 시작되었다. 이야기를 시작한 건 냥이였다.

"흰둥이와 헤어지거라."

그에 대한 대답은 이랬다.

"싸우자, 이 자식아."

나래의 주먹이 내 옆구리를 강타했고 세희는 이마를 짚고 한숨을 쉬었다.

"말 좀 가려서 해!"

"말이 뇌를 거쳐 나오는 법을 배우셔야 할 것 같습니다."

어, 어쩔 수 없잖아?! 나보고 랑이하고 헤어지라니? 죽으라는 거하고 뭐가 달라?!

"지금 죽고 싶어?"

"생사 길은 이에 있으매 머뭇거리고, 나는 간다는 말도 못다 이르고 가고 싶습니까, 도련님."

나는 날카로운 두 명의 시선에 억지로 냉정을 되찾아야 했다. 정말 죽고 싶지는 않으니까.

하늘이 무너져도 솟아날 구멍이 있다고, 분명 어딘가에는 협상의 여지가 있을 것이다. 나는 성의 누나에게 가르쳐 주었던 호흡법으로 머리에 산소를 공급하고 나를 비웃고 있는 냥이에게 말했다.

"그건 내가 받아들이기 힘든 일이다."

결국은 내가 조금 전 했던 말과 다를 게 전혀 없는 이야기지만 이번에는 주먹이 날아오지 않았다. 아 다르고 어 다른 더러운 세상 같으니라고.

"그러면 협상은 결렬이로구나."

이럴 때는 어떻게 해야 합니까? 나는 고개를 돌려 나래를 보았다. 나를 한심한 놈으로 정의 내린 나래의 시선에 마음 깊은 곳이 상처 입었다.

"그런 이야기 전에 먼저 자신의 입장부터 말하는 게 순서 아닐까? 어째서 헤어지라고, 또 헤어질 수 없다고 말하게 된 이유 말이야."

"오호, 억지 부리는 법만 알고 있는 줄 알았는데 인제 보니 달걀 같은 아이로구나."

나래가 나를 보았다.

"달걀은 요리법이 다양하니까 아마 지금 냥이가 한 말은 이런 자리에서 이야기를 풀어 나가는 재능도……."

"그건 나도 알아, 바보야. 일일이 설명 안 해도 돼."

……설명을 부탁한 게 아니었나? 오랜만에 눈빛 대화가 잘 소통이 안 된 것 같다.

"먼저 네 입장부터 말하라는 거였어."

그렇군. 냥이의 이야기에 신경 쓰고 있다 보니 실수한 것 같다. 나는 크흠 하고 헛기침을 하고 바로 옆에 나타난 가슴에 시선을 빼앗겼다.

"이런 자리에 목을 축일 것이 없으면 안 되는 일이옵나이다. 이상한 것은 타지 않았으니 마음 놓고 쭈욱 들이켜시옵소서."

이야기에 집중해야 하지만 상체를 숙여 컵을 내려놓다 보니 가희의 옷차림의 특성상 드러난 신체의 일부분이 출렁거리는 것에 시선을 빼앗기는 일은 남자로서 어쩔 수 없는 일이었다. 그렇다고 계속 보고 있다가는 크게 경을 칠 것 같기에 나는 재빨리 관심을 다른 곳으로 돌렸다. 흠흠, 나는 오렌지 주스, 나래와 세희는 커피, 냥이는 우유인가. 냥이는 자신의 앞에 놓인 우유를 물끄러미 본 뒤 다시 자신의 뒤에 조신하게 앉은 가희에게 말을 걸었다.

"이런 곳에서까지 장난질이느냐."

"장난이라니, 너무하시옵니다. 주인님의 건강과 입맛을 위해 준비해 온 것인데 그리 말씀하시다니요. 소저, 슬프옵니다."

워낙 평소에도 싱글벙글 웃는 낯이라서 저게 진담인지 아니면 장난인지 모르겠지만 냥이의 귀가 뾰쪽 서고 꼬리가 부풀어 오르는 걸 보면 후자인 것 같다.

"……관두자꾸나. 이런 사소한 것으로 너와 시간을 낭비하는 것도 어리석은 일이겠지."

냥이는 대인배스러운 모습을 보이고는 우유를 한 번에 쭈욱 들이켰다. 잔을 비운 냥이는 입가에 묻은 우유를 혀로 핥으며 아쉬워하는 모습을 보였다.

대인배스러운 게 아니라 단순히 우유를 좋아하는 것 같은데? 살랑살랑하는 냥이의 꼬리를 보니 정말 그런 것 같다는 생각에 무게가 실린다.

"자, 그럼 그쪽이 먼저 말해 보겠느냐."

냥이의 권유에 나는 정신을 차리고 고개를 끄덕였다.

"내가 랑이하고 헤어질 수 없는 이유는 몇 가지 있어."

그 이유를 말하는 건 숨을 쉬는 것만큼이나 쉬운 일이다. 평소에 생각을 정리하지 않았어도 나는 막힘없이 말할 자신이 있다. 왜 헤어질 수 없냐고?

랑이하고 같이 있으면 행복하니까.

랑이 역시 자신의 입을 통해 말한 적 있다. 나와 같이 있는 것이 가장 행복하다고. 이게 가장 큰 이유다. 그리고 그것이 전부다. 자신이 사랑하는 사람이 자신을 사랑해 주는 사이. 헤어질 수 없는 이유는 그거로 충분하잖아?

문제는 이것을 나래와 세희의 앞에서 말을 해야 한다는 거지.

"왜 그리 아무 말도 못 하고 있느냐."

냥이의 빈정거림에도 나는 말을 아꼈다. 10대 청소년의 세심한 감수성을 좀 생각해 달라고. 그런 부끄러운 이야기를 아무렇지 않게 할 수는 없잖아?

"아얏!"

우물쭈물하고 있다 보니 옆구리를 꼬집혔다. 조건 반사적으로 옆을 보자 나래가 나를 노려보고 있다. 그 시선을 해석하자면, 네가 그런 거 생각할 때냐, 정도가 되겠군. 한 단계 더 나아가면, 계속 입 다물고 있으면 한 번 더 꼬집을 거다, 라는 뜻도 된다. 나는 내 몸의 안전과 나래에게 미움 사는 것을 막기 위해서 수치심을 무릅쓰고 말했다.

"나와 랑이는 서로 사랑하는 사이니까."

나래와 냥이의 표정이 떫은 감을 먹은 것같이 일그러졌다.

"넌 수치심이라는 걸 좀 가져야 해."

빨리 말하라고 옆구리를 꼬집으신 분이 하실 말씀이 아닙니다.

"어머나, 어머나."

뒤에 있는 가희는 어디선가 수묵화가 그려진 부채를 쫙 펼쳐서 입가를 가리고 수줍어했다. 네가 가릴 곳은 얼굴이 아니라 가슴이라고 생각한다.

"올바른 로리콘의 표본이 여기에 있군요."

넌 시끄럽다.

"그리고?"

냥이의 말에 나는 되물었다.

"그거 말고 다른 이유가 필요해?"

나래는 한숨을 쉬었고 세희는 고개를 절레절레 흔들었으며 냥이는 털을 곤두세웠다.

"어머나, 정말로 순진하고 귀여운 동정이옵니다."

가희의 비웃음 섞인 말에 울컥해 버렸다.

"좋아하는 사람끼리 같이 있고 싶어 하는 게 뭐가 문제인데?"

"사람이 아니니까 문제이니라."

냥이가 말문을 열었다.

"삐뚤어진 입이라도 말은 바로 해야 한다는 것 모르느냐?

너는 인간이고 흰둥이는 요괴이니라. 인간은 인종이 다르고 문화권이 다른 남녀가 서로 맺어지는 일조차 많은 문제가 생기지 않더냐? 그뿐이느냐? 사회적 규범에 따라 문제가 생기는 경우도 있느니라. 나이 차이, 종교의 차이, 사상의 차이. 그런 사소한 것들로도 헤어지는 것이 인간이니라. 그런데 설거지를 끝낸 냄비같이 머리가 비어 있는 네놈은 참으로 세상을 모르는 이야기를 해 주었구나. 인간과 요괴인 너희들에게 아무 문제가 없다고 하다니, 그게 말이 된다 생각하느냐?"

목소리가 격해지지 않았기를 빈다.

"그건 어디까지나 극복할 수 있는 문제야."

"어떻게 말이느냐? 네가 말하는 사랑이라는 것으로 말이느냐?"

나는 고개를 끄덕였다.

"오냐. 그렇다면 네게 묻겠노라. 그러면 어찌하여 서로를 사랑하는 인간들은 현실적인 문제에 마주한 뒤 헤어지는 경우가 생기는 것이느냐."

"그만큼 서로를 사랑하지 않기 때문이지."

"또. 또 사랑이라는, 잣대로 잴 수 없는 감정을 근거로 이야기하는구나. 좋다. 네 말이 맞다 치면 말이다."

냥이는 깊은 한숨을 쉬었다.

"네놈은 지금 서로를 사랑하지만 현실적인 문제로 인해 헤어질 수밖에 없었던 수많은 연인들의 사랑을 헛된 것으로 치부하고 있다는 것은 아느냐?"

윽?!

“네놈도 눈이 있다면 보았을 것이고 귀가 있다면 들었을 것이니라. 인간들이 가장 좋아하는 이야기가 그놈의 사랑 이야기 아니느냐? 그러면 다시 한번 묻겠느니라. 현실의 문제로 헤어지는 연인들의 사랑은 사랑이 아니느냐?”

“그래서 전 당신을 보내 드릴 거예요. 제 마음을 지키기 위해서라도.”

“그들의 사랑은 진실된 사랑이 아니었다고 네놈은 단정 지어 말할 수 있느냐?”

나는 할 말이 없어졌다.

“왜 그러느냐. 한번 말을 해 보거라.”

“……미안. 내가 생각이 짧았다. 말을 잘못했네.”

고개를 숙이며 하는 내 말에 냥이는 소매에서 담뱃대를 꺼내 불을 붙이지 않은 채로 입에 물었다.

“흥. 자신이 무슨 말을 하는지조차 모르는 어리석은 것 같으니라고. 아직 시작도 안 했는데 이런 꼴이라니, 두고 볼 것도 없구나.”

꿀 먹은 벙어리가 된 나를 대신해서 세희가 말했다.

“비난은 삼가 주시기 바랍니다, 냥이 님. 비록 도련님께서 닭과 같은 수준의 뇌 용량을 가지고 있어서 자신이 스스로 죽을 곳을 찾아 들어가는 부나방같이 멍청하다는 것은 사실입니다만, 지금의 비난은 두 분께서 나누실 의견에 어떠한 도움도 안 될 것이라 생각합니다."

이걸 도와준다고 해야 할지 돌려서 비난한다고 해야 할지 모르겠다는 게 참 세희답다.

"그래도 네놈은 저것이 자신의 주인이라고 편을 들어 주는구나."

냥이는 흥 하고 콧소리를 내고는 말했다.

"좋다. 나도 이런 이야기로 시간을 낭비하고 싶지는 않으니라."

나는 한숨을 쉬었다. 말 한 번 잘못했다가 완전히 바보 됐네.

"너는 사랑이 있다면 너와 흰둥이 사이의 문제를 극복할 수 있다고 말했느니라. 맞느냐?"

나는 고개를 끄덕였다.

"그렇다면 당연히 지금 상황이 계속되면 일어날 문제에 대해서도 알고 있겠지. 안 그러느냐?"

냥이는 잠시 말을 끊고 내 얼굴을 바라본 다음 고개를 절레절레 젓고서는 말을 이었다.

"네놈의 멍청한 얼굴을 보아하니 믿음이 안 가는구나."

사람 화나게 만드는 거에 뭔가 있는 녀석이다.

"나도 알고 있거든?!"

냥이의 입가가 슬쩍 올라갔다.

"그러면 묻겠느니라. 너희들이 이대로 헤어지지 않는다면 어떤 문제가 일어날지 알고 있느냐."

예전이라면 한 마디도 못 했을 냥이의 질문에 대답할 거리가 생각나는 걸 보면 나도 인생을 헛살지는 않은 것 같다.

"우리 사이를 반대하는 요괴들이 더 생기겠지. 처신을 잘못하면 랑이가 위험할 수도 있을 정도로."

"그리고?"

아직 덜 자랐나 봅니다.

"……더 있냐?"

"……네가 지금 그걸 내게 물으면 어찌하겠다는 것이느냐? 흰둥이만 덜떨어진 줄 알았는데 네놈도 만만치 않구나. 어떻게 내가 준비한……."

냥이는 말을 하다 말고 세희 쪽으로 시선을 돌리고서는 불도 붙이지 않은 담뱃대를 쭈욱 빨아 연기를 내뿜었다. 연기는 세희가 손을 한 번 휘두르자 바로 사라졌다.

"후우……. 돼지 목에 진주 목걸이로다."

그래도 진주 목걸이는 아니라고 생각하는데. 진주 목걸이를 목에 건다고 따갑지는 않을 거잖아.

"빈대떡 부칠 때 양푼에 달라붙어 떨어지지 않은 반죽 같은 것아, 너는 왜 아무것도 알려 주지 않은 것이느냐."

"그 이외의 것은 주인님과 도련님께서 아직 알 필요가 없는 것입니다."

"필요가 없다고 하였느냐."

냥이는 허탈한 듯 웃었다.

"하! 하하하하하하!!"

웃는 것도 잠시. 냥이는 곧 무시무시한 눈으로 나를 노려보며 말했다.

"내가 그래도 너희들을 좋게 보고 있었는데 그럴 필요가 없었구나."

"좋게 본다는 녀석이 지금까지 그런 짓을 해?"

"어리석은 것은 닥치거라."

냥이에게서 흉악한 기운이 뿜어져 나오는 것에 나도 모르게 목에 걸고 있는 랑이의 이빨을 손에 쥐었다.

"네가 흰둥이를 사랑하는 마음이 그 정도밖에 안 된다는 이야기를 제 입으로 하는구나, 이 어리석은 것아. 그런 주제에 감히 내게 대화를 청하고 잘난 입을 놀리고 있느냐. 너희들의 관계가 지금까지 큰일 없이 이루어졌던 것은 추운 날에 내버려 둔 프라이팬에 달라붙은 기름같이 흰둥이에게서 떨어지지 않는 저 녀석 때문이라는 것을 알고는 있느냐?"

나는 고개를 끄덕였다.

"그런데도 그런 말을 할 수 있었느냐. 너희들이 헤어지지 않는다면 어떤 일이 일어날 것인지는 생각도 못 한 것이느냐?!"

할 말이 생겼다.

"알고 있어! 지금보다 더 나를 향한 악의가 쏟아지겠지. 하지만 그건 **내가 견딜 수 있는……**."

"네놈은 정녕 생각이 없구나!"

냥이가 내리친 담뱃대에 상이 반쪽이 났다.

"이 멍청한 것아! 이 정말로 어리석은 것아! 너는 내 동생에 대한 것은 생각하지도 않고 있나! 오로지 자신의 행복만을 생각하는 이기적인 것이로구나! 내 지금까지 네놈이 인간이라는 것을 제외하면 흰둥이를 맡길 수 있는 자라 생각하였건만 내가 사람 보는 눈이 없다는 것을 깨달았느니라! 너를 내 모든 것을 걸고 흰둥이의 행복을 위해 맞붙어 싸울 수 있는 자라 생각하였는데 내가 잘못 보았던 것이로구나! 너는 아무것도 모르고 있느니라! 네놈은 지금까지 내가 만난 인간들 중 가장 자신만 생각할 줄 아는 이기적인 놈이로다!"

랑이에 대한 내 마음을 부정한 것이 내 인내심의 한계를 불러일으켰다.

"무슨 헛소리야?! 랑이가 말했다고! 내 행복이야말로 자기의 행복이라고! 그리고 나는 누구보다 랑이를 위해 행동하고 있어! 물론 내가 어리고, 세상 물정 모르고, 머리도 좋지 않아서 실수는 많아! 하지만 그렇다고 해서 네가 말하는 것처럼 나만 생각하는 건 아니야!"

"그러면 대답해 보거라! 네 말을 스스로 증명해 보거라!"

냥이가 외쳤다.

"너는 정녕 흰둥이가 너를 욕먹이며 같이 지내는 것을 바랄 것이라 생각하느냐?! 너는 너희들의 행복 때문에 요괴들이 느끼는 불안감을 흰둥이가 무시할 수 있을 것이라 생각하느냐?! 너는 자신의 아이들에게 축복받지 못하며 너와 사귀는 것을 흰둥이가 기뻐할 것이라 생각하느냐?! 너는 자신 때문

에 고통받는 너를 보며 흰둥이가 행복할 것이라 생각하느냐?! 네가 신선이 되어 지금의 환웅과 웅녀처럼 인간의 세상을 계속해서 열어 갈 경우, 대요괴들이 힘을 합쳐 흰둥이를 해치려 할 때 그들을 막을 수 있다고 생각하느냐?! 반대로 네가 흰둥이와 함께 요괴의 세상을 열 때 환웅과 웅녀가 너희들을 가만히 놔둘 거라 생각하느냐?! 너는 그 가운데에서도 흰둥이를 행복하게 해 줄 수 있을 거라 생각하느냐?! 자, 대답해 보거라! 너는 도대체 무엇을 알고 있느냐! 너는 도대체 무엇을 할 수 있느냐! 너는 도대체 무엇을 생각하고 있느냐! 뭐하느냐! 너는 도대체 무엇을 준비하고 있었는지 대답하란 말이다! 그 잘난 사랑 놀음으로 진정 내 동생을 행복하게 해 줄 수 있다고 믿는지 내가 묻지 않느냐!! 대답해 보거라, 어리석은 인간아!"

나는 아무것도 대답할 수 없었다.

나는 한 구의 시체다. 냥이에게 한 마디도 할 수 없었다는 자괴감에 몸을 움직일 기력도 없다. 가슴이 답답해서 비명을 지르며 주위에 있는 걸 다 잡아 던지고 박살 내고 싶다. 다행인 것은 내게 그럴 힘도 없다는 것이다. 있었다면 가장 먼저 깨진 건 내 머리겠지.

랑이와 알고 지낸 것이 한 달이 넘어간다. 여름 방학이 시작될 때 만나, 이제 곧 끝나는 지금. 길면 길고 짧으면 짧을 수도 있는 그 시간 동안 나는 나름대로 여러 곤경을 헤치고서 여기까지 왔다고 생각했다. 이제야 알았지만 내 나름대로의 자부심과 자신감 같은 것도 생겨났다. 그것들이 모두 무너져 내리고 나서야 알았다는 게 슬프지만 말이야.

나는 도대체 왜 사는 걸까.

나는 죽는 게 낫지 않을까.

나 같은 쓰레기는 세상에 필요가 없을 텐데.

"기운이 나는 마법의 액체라도 드립니까?"

내 위에서 평행선을 그리듯 공중에 둥둥 떠다니며 손에 든 호리병을 흔드는 세희를 보아도 별 감흥이 없다.

"지금의 도련님을 보아하니 패배한 개와 비교하려 했던 게 미안해지는군요."

개에게 말이지.

"응."

세희는 공중에서 몸을 틀어 허공에 앉았다. 그리고 그대로 아래로 내려왔다. 내 배 위로.

"꾸엑!"

"그리 무겁지는 않습니다."

아무리 무겁지 않더라도 갑자기 사람이 올라타면 이 정도의 소리는 나게 돼 있다.

"그래서 어찌하실 겁니까."

"그걸 알면 내가 이러고 있겠냐."

"그럼 제가 두 가지 선택지를 말씀드리겠습니다."

나는 세희가 아니지만 이 녀석이 무슨 말을 하고 싶은지 알 것 같아서 선수를 쳤다.

"랑이와 헤어지든가, 냥이와 싸우든가."

"알고 계시지 않습니까?"

"아는 것과 행동하는 건 다르지."

"고루한 변명은 듣는 것조차 시간 낭비입니다."

이런 때에도 변함없이 내 속을 긁는 세희에게서 도망치고 싶어 호리병을 빼앗아 뚜껑을 열고 힘차게 들이켰다.

간장이었다.

"푸웃!!"

나는 격하게 뿜었다. 세희는 내 입에서 뿜어져 나온 간장을 유명 SF 영화에서 나오는 총알처럼 공중에서 정지시킨 다음 한곳에 모아 페트병에 집어넣으며 말했다.

"더럽습니다."

"뭐야, 이건?! 왜 간장이야?!"

"팬티를 보이는 것도 안 되는데 술을 마시는 것이 되겠습니까?"

……무슨 소리인 줄 모르니까 더 짜증 나네.

"그래도 세상과 단절하고 방구석 폐이처럼 살 준비를 하는 모습에서 벗어나셔서 다행이로군요. 제 위로가 통한 것 같습니다."

위로를 두 번 받았다가는 세상의 모든 것을 의심하게 될 것 같다. 나는 손수건으로 입가를 닦은 다음에 평소와 같이 무표정한 세희에게 말했다. 아니, 따졌다.

"왜 말 안 해 줬냐."

"말씀드릴 필요가 있습니까?"

"야."

"농이 아닙니다, 도련님. 이것은 도련님께서 아실 필요가 없던 것이었습니다."

세희의 단언에 화가 나려고 했지만 그래서는 안 된다는 것을 알고 있다. 무슨 종로에서 뺨 맞고 한강에서 화풀이하는 것도 아니고. 거기다 내가 화를 내면 이 녀석은 장마철의 한강처럼 범람해서 날 집어삼켜 차가운 맛을 보여 줄 거다.

"하지만 그것 때문에 냥이에게 한 마디도 대꾸 못 했다."

"그걸 왜 저에게 따지십니까? 이건 스스로 미래에 대한 생각을 안 하신 도련님 책임입니다."

얄미운 소리에는 세희가 최고죠! 내가 원망을 가득 담아 노려보자니 세희가 눈웃음을 지으며 말했다.

"또한, 평소에 생각을 하셨더라도 지금의 도련님 수준으로는 제대로 된 대답을 못 했을 겁니다."

화내지 말지어다. 입을 열면 무의미한 화만 낼 것 같아서 입만 삐죽 내민 채 아무 말도 하지 않고 가만히 있자 세희가 말했다.

"도련님. 도련님께서는 지금까지 있었던 사건과 문제를 잘 해결해 나간 것으로 쓸데없는 자신감을 가지시고, 지금 그것이 완벽하게 박살 난 것에 대해 자괴감을 느끼셔서 인생에 하등 도움도 안 되는 말씀을 하고 계시는 것 같은데 맞습니까?"

그러고 보니 귀신을 성불시켜 주는 건 착한 일 아닐까.

"물어볼 필요가 있냐?"

"도련님을 놀리기 위함이라는 것도 모르실 정도로 둔해지셨군요."

나는 결국 참지 못하고 세희의 멱살을 잡았다. 나를 힘껏 비웃는 세희가 바로 코앞에 있다. 열이 오른 머리로 세희가 당하면 기분 나쁜 짓을 재빠르게 생각해 본다. 그 결과, 평소라면 절대로 하지 않을 짓을 골라 행동으로 옮겼다. 나는 세희의 멱살을 놓고 허리를 안아 내 쪽으로 끌어당긴 다음, 다른 한 손으로는 머리를 쓰다듬었다.

세희가 인상을 팍! 구기는 걸 보니 내 선택은 최고였던 것 같다.

"기분 나쁩니다, 도련님."

"나쁘라고 한 거다."

거짓말이 아닌지 세희는 내 손을 쳐 버리고 살짝 거리를 벌려 앉았다. 세희에게 한 방 먹였다는 사실에 해냈다는 성취감이 느껴진다. 세희가 자신의 머리를 매만지며 말했다.

"옛날이라면 생각도 못 할 짓을 하셨군요."

"그야 당연하지. 나도 성장이라는 걸 하니까."

"그렇습니다."

세희가 고개를 끄덕였다.

"도련님께서는 성장하고 계십니다."

이 녀석이 갑자기 왜 이래?

“내 불안감이 급속도로 성장하고 있다.”

“진지한 이야기를 할 때는 가만히 있어 주시면 안 되겠습니까?”

냉기를 담은 세희의 목소리에 나는 가만히 있는 게 내 신상에 이롭다는 생각이 들었다.

“도련님께서는 성장하고 계십니다. 하루 이틀, 날이 다르게 말이죠. 불과 한 달 전만 하더라도 주인님을 반죽음으로 몰고 갔던 원인이 되었던 그 개새끼……, 실례, **살점을 하나하나 발라 눈앞에서 육포로 만드는 과정을 보여 준 뒤 자기 입으로 잘근잘근 씹어 먹게 만들어도 분이 풀리지 않을 빌어먹을 개시발새끼가** 지금은 제게 인정받을 정도로 기본은 하는 쓰레기가 되지 않았습니까?”

야, 너 진심 나왔다.

“진지한 이야기 맞냐?”

“맞습니다. 입 다물고 있어야 하는 것도 맞고 그렇지 않을 경우에는 제게 맞습니다.”

협박이다. 나는 마음속으로 그리 생각하며 입을 다물었다.

“어쨌든 도련님께서는 지금 어른이 되어 가시는 중입니다. 그건 주인님도 마찬가지입니다. 두 분 다 아직 몸이나 정신적인 면에서 성장하고 계시는 중이고, 어른이 되려면 아직 멀었습니다. 그리고 조금 전, 냥이 님께서 하신 말씀은 두 분이 어른이 되어 가며 해결해야 할 문제들입니다. 도련님. 나래 님과 처음 만났을 때의 어린 당신과 지금의 당신이 같은 사람이라고 생각하십니까?"

나는 대답하지 않았다. 세희도 그 대답을 알고 있기에 답을 바라지 않았다.

"지금의 도련님이라면 두 분의 사이에서 일어났던 일을 좀 더 나은 방법으로 해결하실 수 있을 것입니다. 하지만 어리셨던 도련님께서는 그런 방법을 생각하지 못했습니다. 그것이 나이 어린 도련님의 한계였기 때문입니다. 그 이상을 바라는 것은 어리석은 일입니다."

"……그래서."

나는 세희가 하고 싶은 말이 무엇인지 깨달았기 때문에 한강이 범람할 것이라는 걸 알면서도 소리 지를 수밖에 없었다.

"그래서 나보고 어쩌라고?! 냥이한테, 나중에 그런 문제가 현실로 닥치면 미래의 내가 알아서 잘할 거라는 대답이라도 하라고? 어떻게? 잘! 이게 말이 되냐? 지금 상황에서 그게 말이 되냐고! 위로해 주는 건 고맙지만 해결은 안 되잖아? 당장 나가서 바깥을 보라고! 그게 내 현실이다. 지금 내가 극복해야 할 문제야! 네 말대로 하면 그 문제에 대한 답은 내 미래가 가지고 있겠지! 하지만 지금은 지금이거든? 혹시 넌 타임머신이라도 있냐? 미래의 나를 데려와서 지금의 문제를 해결할 거야?!"

"개그 물이었다면 그래도 되겠지요."

타임머신이 없다고는 안 하는 게 무섭다.

"또한 도련님을 주인님으로 모시기 전이었다면 저만의 해결책으로 모든 것을 해결하는 방법도 있었을 겁니다. 하지만 도련님께서는 자기 발로 걸어 나가기로 하셨습니다."

내 눈이 잘못된 게 아니라면 참으로 웃기지도 않지만 세희가 슬픈 미소를 지으며 말했다.

"도련님의 말씀이 맞습니다. 저는 도련님의 마음이 꺾이지 않도록 이렇게 위로밖에 못 해 드립니다. 이제 막 걸음마를 뗀 아기를 지켜보는 부모의 마음으로 말이죠. 그건 도련님께서 제가 그러하기를 마음속으로 바라시고 계시기 때문입니다. 도련님께서 고통을 감내하시며 극복하셔야 하는 일이기 때문입니다. 하지만 도련님."

세희는 깊은 한숨을 내쉬었고,

"이런 상황에서 언제까지 찌질대기만 할 겁니까?"

그 말을 기점으로 순식간에 분위기가 확 변했다. 어리둥절해 있는 내게 세희는 마치 장난꾸러기 같은 미소를 지으며 말했다.

"그렇게 방바닥과 일체화가 되어서 모든 걸 포기하고 굴러다니는 꼴을 보니 이런 잉여가 제가 모시도록 결심한 주인님이라는 게 한스럽군요. 그럴 시간이 있으면 나가서 모자란 머리라도 맞대고 해결책이나 생각하시길!"

세희가 내 손을 잡고 무지막지한 힘으로 당기며 벌떡 일어났다. 갑작스러운 행동에 당황하며 그대로 끌려 일어난 내가 뭐라 하기도 전에, 세희는 방문을 열고 그대로 나를 밖으로 밀듯이 던져 버렸다.

"우아앗?!"

넘어지지 않으려고 안간힘을 써서 겨우 멈춘 곳은 나래의 품속이었다. 나는 나래의 가슴에 얼굴을 묻고 허리에 두 팔을 두른 채로 고개를 들어 상냥해 보이는 미소를 짓고 있는 나래에게 말했다. 세상은 아름다워졌는데 내 몸은 왜 이리 떨리는 걸까.

"……고의가 아닙니다."

"나도 알고 있어, 성훈아. 그러니까 살려 두고 있잖니?"

그렇다면 제발 상냥한 미소를 지어 주세요.

"걱정했던 거예요!"

거실로 돌아오자 가장 먼저 화를 낸 건 치이였다. 이왕이면 지금 내 머리에 난 혹에 대해서 걱정해 줘라.

"완전히 다 죽어 가는 눈으로 방에 들어와서 드러누웠을 때는 옛날 생각이 나서 무서웠던 거예요."

[옛날 내 모습 판박이.]

페이가 치이의 말을 거들었다. 내가 안 좋은 기억을 되살리게 만들었구나.

[이야기 모두 들음. PVP에서 완전히 KO.]

완벽한 비유였기 때문에 나는 페이에게 상을 주기로 했다.

[아파! 아파!!]

쫄깃쫄깃한 볼살이 잡아당기는 맛이 있구나. 이대로 확 물어 버리고 싶을 정도다. 페이의 글이 연기로 바뀌고 나서야 볼을 놓아준 나는, 잠에서 깼으면서도 지금까지 아무 말도 하지 않고 구석에서 내 눈치만 살피고 있는 랑이에게 말을 걸었다.

"일어났냐?"

"으, 응."

"반응이 왜 그래?"

마치 매 한 번 제대로 맞은 아들이 어머니를 두려워하는 모습이라서 내 마음이 아프다.

"그, 그게 말이니라."

랑이는 시선을 어디 둘지 모르겠는지 이곳저곳을 보면서 겨우 말을 이었다.

"이야기는 모두 들었느니라! 내가 자고 있는 사이에 그런 일이 일어나고 있었을 줄은 몰랐느니라. 미안하느니라!"

"미안할 게 뭐 있냐."

눈을 깜빡깜빡하며 내 얼굴을 빤히 살펴보던 랑이는 내가 정말로 그렇게 생각하고 있다는 걸 깨닫고서는 표정이 밝아졌다. 하지만 평소의 해맑은 미소와 비교해 보면 여전히 어두움 그 자체다. 그건 지금도 밖에서 시위 중인 요괴들과 그들의 의지를 돋우어 주는 연설을 하고 있는 냥이 때문일 거다. 세희의 요술로 방음을 하고 있지만 그렇다고 보이는 게 어디 가는 건 아니니까 말이지.

"그러면 일단 대책 회의를 하자."

내 말과 동시에 어디선가 둥~둥~둥~둥~ 둥둥 하는 긴장감 넘치는 노래가 들렸다. 소리가 나는 곳을 보니 세희가 CD

플레이어를 들고 있었다.

[이 노래 앎.]

페이가 아는 걸 봐서 게임이나 만화, 애니메이션 등 그쪽에 쓰였다는 건 알겠다.

“장난치지 마.”

“분위기에 딱 맞지 않습니까?”

“그렇다고 일부러 틀 필요는 없다고 생각하는데.”

“아쉽군요.”

세희가 노래를 끊은 것과 동시에 입을 열었다.

“일단 이야기는 다들 들었을 테니까 굳이 설명은 하지 않을게. 지금 상황은 내가 생각하기에 심각해. 그래서 말인데 너희들의 의견을 듣고 싶어. 괜찮을까?”

모두 고개를 끄덕여 주었다.

“그러면 먼저, 랑이.”

이 사건의 가장 중요한 관계자다. 제일 먼저 이야기를 듣는 게 좋을 것이다.

“난 내 아해들이 이렇게까지 우리 사이를 반대할 줄은 생각도 못 했느니라.”

이야기를 시작한 랑이는 의기소침해 있었다. 하지만 그것도 잠시.

“하지만 나는 괜찮을 것이라 생각하느니라! 우리의 진심은 결국 하늘도 알아주지 않았느냐? 아해들이 못 알아줄 이유가 없다고 생각하느니라!”

……나도 그렇게 생각은 하는데 설득할 방법을 몰라서 이 고생 아니겠냐. 하지만 그 대책 없는 이야기를 통해 나는 랑이가 많이 성장했다는 것을 알 수 있었다. 처음 만났을 때면 일단 어흥하고 보자고 했을 테니까. 그래서 난 랑이의 기대에 찬 반짝반짝 눈빛 공격에 당해 주기로 했다.

"잘 말했어, 랑이야."

"헤헤헤헤."

내 어깨에 머리를 기대고 비비적거리는 랑이의 머리를 쓰다듬어 주고 있자니 내 오른쪽에서 나래가 작은 한숨을 쉬는 소리가 들린다. 그럼에도 아무 말도 하지 않는 건 나하고 똑같은 생각이라는 거겠지.

"그러면 나래는 어떻게 생각해?"

"지금으로는 별다른 방법이 없어. 냥이가 했던 말은 모두 맞는 말이고 그에 대한 해답을 찾으려면 충분한 시간이 필요해. 하지만 우리에게는 그럴 만한 시간이 없고 냥이는 그 점을 노리고 있을 거야. 일부러 힘이 약한 요괴들로만 데리고 와서 단식 투쟁을 한다는 건 우리에게 빨리 대답을 내놓지 않으면 이 요괴들의 생명은 보장할 수 없다는 일종의 협박이니까. 가장 좋은 방법은 세희에게 정답을 물어보는 거지만……."

나래는 세희의 입가에 지어진 미소를 보고는 고개를 저었다.

"무슨 생각인지 알고 거기에 동의도 하지만 열 받네."

나래는 불만 섞인 한탄을 토해 내고서 말을 이었다.

"또 우리가 우리 나름대로 해답을 찾아도 저 애들이 그걸 받아 줄지가 가장 큰 의문이야. 어린아이들은 이성이 아닌 감성을 우선시하니까. 그렇다면 그 마음을 움직이기 위해서는 우리를 믿을만한 행동을 보여줘야 할 텐데, 다시 말하지만 우리에겐 시간이 없어. 그렇다고 냥이가 만족할 만한 답을 찾아서 저 아이들을 설득하게 만드는 것도 힘들 것 같고. 애초에 냥이의 목적은 너하고 랑이를 헤어지게 만드는 거니까."

입이 떡 벌어졌다. 나래가 머리 좋은 건 알고 있었지만 이 정도까지 좋을 줄은 상상도 못 했거든. 주먹 하나가 들어갈 만큼 벌어진 내 입에 랑이가 장난기가 돋았는지 손을 집어넣으려는 순간 나래가 내 눈빛을 읽고 짜증 내는 듯 말했다.

"네가 멍청한 거야."

저도 알고 있습니다.

"어쨌든 내 생각은 이게 끝."

나래의 이야기로 나 자신의 멍청함을 다시 한번 깨달은 나는 랑이의 손목을 잡아 입에서 빼고 고개를 돌려 치이를 보았다.

"아우우우……."

치이는 귀 위 머리카락을 파닥이며 당황하다가 작은 목소리로 말했다.

"모르겠는 거예요. 잘 설득하면 좋겠는데 어떻게 해야 할지 감도 안 잡히는 거예요."

좋은 방법을 생각하지 못한 게 미안한가 보다. 하지만 방법을 찾으려고 고민해 줬다는 것만으로도 이미 충분하다.

"고마워, 치이야."

"아우우우……."

고개를 숙인 채로 귀 위 머리카락을 파닥이는 치이에게서……. 응? 페이는 왜 저렇게 당당하지?

"넌 왜 그러냐?"

[좋은 방법 있음.]

순식간에 모든 이들의 시선을 독차지한 페이가 자리에서 벌떡 일어나서는 있는 힘껏 고개를 뒤로 젖히고 가슴에 손을 올리며 거만한 자세로 글을 썼다.

[돈으로 매수하면 됨!]

예, 이상 페이였습니다.

[무시?!]

길길이 날뛰려는 친구가 부끄러운지 치이가 잽싸게 제압에 나섰다. 고맙다, 치이야.

"저한테는 물어보시지 않습니까?"

나는 세희의 요청대로 물어보기로 했다.

"너 왜 그러냐?"

조금 전과는 태도가 다르잖아.

"그 차가운 모습에 살짝 제 마음이 두근하고 뛰는군요. 반해 버리겠습니다."

내 마음도 다른 의미로 두근하고 뛰었다.

"그런 헛소리를 할 거면 차라리 의견을 말해라. 선택은 내가 하겠지만."

말은 그렇게 했지만 궁금하긴 했으니까. 내 질문에 세희가 자신만만하게 말했다.

"먼저 주인님 몰래 곰의 일족과 손을 잡아 냥이 님을 봉인하는 겁니다."

시작부터 충격적인 말이라 네 주인님의 털이 곤두섰다, 야. 문제는 그 이야기가 아직 끝이 아니라는 것이다.

"냥이 님이 봉인된 이후, 주인님의 패도와 도련님의 폐도에 해가 되는 요괴들을 모두 죽여 버리면 됩니다. 구심점이 없는 요괴들을 소리 소문 없이 처리하는 것은 의외로 쉬운 일일 겁니다. 어떻게 생각하십……."

"그건 절대로 안 되느니라!!"

그 패악적인 해결책에 넋을 잃은 나 대신 세희의 발언을 끊은 것은 화가 머리끝까지 나서 벌떡 일어난 랑이었다. 얼마나 화가 났는지 바람도 불지 않는데 머리카락이 흔들리며 꼬리가 두 배로 부풀어 오를 정도다.

"내 행복을 위해서 어찌 내 아해들에게 해를 끼칠 수 있겠느냐?! 저 아해들은 내 백성, 내 자식이니라! 네가 그리한다면, 세희. 아무리 너라 해도 난 눈물을 머금고 내 손으로 처단할 것이니라!"

……우와. 그 서슬 어린 목소리와 과감성 넘치는 말에 모두 할 말을 잃었다. 그리고 다른 의미로도 할 말을 잃었다. **랑이가 어느새 내 나이 또래의 모습으로 변했으니까!** 하지만 세희는 랑이의 변화와 무서운 경고에도 그저 안도하는 미소를 지을 뿐이었다. 그 미소 때문에 나는 세희의 꿍꿍이를 겨우 알

수 있었다.

……귀신같은 놈.

"주인님. 진노를 거두어 주시기 바랍니다. 이건 어디까지나 **제가 생각하는** 최악의 해결책이며 저만의 방법입니다. 그렇기에 지금까지 주인님께 말씀을 올리지 않은 것입니다. 저는 주인님과 도련님께서 저와는 다른 방법을 찾아내실 것을 믿고 있습니다."

고개를 숙이는 세희의 모습을 보고서야 랑이의 머리카락이 제자리를 되찾았지만 화가 난 기색은 여전하다. 세희는 일부러 곤란해하는 미소를 지으며 나를 보았다. 무시하고 싶었지만 호환 마마보다 무서운 게 원한 생긴 세희다.

"랑이야, 앉아."

"하지만!"

랑이가 나를 본다. 몸이 성장해도 불만이 있으면 볼이 통통해지는 버릇은 여전하네.

"앉아. 세희가 진짜 그런 방법을 쓸 생각이었으면 너한테 이야기도 안 했을 거다."

"그러면 왜 그런 말을 한 것이느냐?"

너를 시험하기 위해서라고 말할 수도 없는 노릇이다.

"아마, 내가 어떻게 반응하는지 보기 위해서였을 거야."

설명을 바라는 랑이의 눈빛에 나는 성심성의껏 대답해 주었다.

"엄밀히 따지면 나는 인간이고 저 요괴들은 나와 아무런 상관이 없어. 내게 중요한 아이들은 여기에 다 있지. 그러니까 네 배우자로서 내가 다른 요괴들을 어떻게 대할지 시험해 본 걸 거다. 그런데 내가 나서기 전에 네가 먼저 화를 낸 거고."

입에 침도 안 바르고 거짓말을 할 수 있는 걸 보아 나도 막장인 것 같다.

"우~!"

다행히도 감정이 격해진 랑이는 거짓말에 속아 넘어간 것 같다. 그대로 내 무릎 위에 앉으며 세희 쪽으로 시선을 돌린 걸 보니까.

"다시는 그런 짓은 하지 말거라! 진짜로 화났단 말이니라."

"알겠습니다, 주인님."

이렇게 잠시 험악해졌던 분위기가 다시 제대로 돌아왔다. 그런데 랑이야. 이왕이면 원래 자리에 앉아 주면 안 되겠냐? 지금의 네 모습으로 내 무릎 위에 앉으면 무거운 것도 무거운 거지만 여러 가지로 이야기에 집중이 안 되거든? 어른이 되니까, 그, 뭐랄까. 네 녀석의 엉덩이가 너무, 그러니까, 선정적으로 느껴진단 말이다.

그 사실을 지적한 건 나래였다.

"자, 자, 자, 자, 잠깐, 랑이야! 너 갑자기 커졌어!"

다른 쪽으로. 그걸 왜 이제 이야기하는데? 설마 랑이가 갑자기 커진 걸 보고 지금까지 정신을 못 차렸던 거야?

"응? 무슨 말을……."

나래에게 대답하던 랑이는 지금 자신의 시점이 이상하다는 것을 깨달았는지 고개를 숙여 보고 나를 한 번 보고서 팔을 쭈욱 펴고 다시 일어나 보더니 팔짝팔짝 뛰며 만세를 하면서 소리치기 시작했다.

"커졌다! 커졌느니라! 다시 어른이 되었느니라!"

이 녀석도 이제야 알았군.

"아우우우? 어, 어떻게 된 거예요?"

[부적 씀?]

치이와 페이도 눈이 휘둥그레져서 놀란다. 아, 그렇군. 놀라지 않은 내가 이상한 거구나. 이런 일을 몇 번이나 겪어서 그런지 그냥 그러려니 하고 넘어간 내가 이상한 놈이군. 지금 내가 궁금한 것은 오직 하나. 왜 이 녀석은 어른이 될 때 옷까지 커지는 것인가. 안 그랬다면…….

이런 상황에서도 이런 생각을 하는 나는 나 자신에게 너무나 정직한 놈이다.

"이것으로 성훈과 혼례를 치를 수 있겠구나!"

정직한 놈에게 결혼 중독증 녀석이 달라붙었다. 서 있는 채로 다가오지 마. 허벅지 사이에 얼굴이 묻힐 것 같잖아.

"지금 중요한 게 그거냐?!"

나는 머리를 뒤로 빼고 랑이의 손을 잡아당겨서 바닥에 척하니 앉혔다. 성장해서도 양반다리로 앉은 랑이는 고개를 들어 한층 더 가까워진 얼굴을 내게 들이대며 말했다.

"중요하느니라!"

중요하긴 하지. 네가 나와 결혼하고 싶다는 것 때문에 저 난

리가 났는데.

"잠깐! 랑이, 너! 일단 이리 와!"

난리는 여기서도 일어나고 있다. 무시무시한 모습으로 말을 거는 나래를 보니 내가 다 도망치고 싶어지는데 랑이는 어쩔까.

"왜, 왜 그러느냐?"

랑이는 내 가슴을 꽈악 끌어안으며 말했다. 아, 그러니까! 좀!! 떨어지라니까! 어른이 되면 어른으로서 자신의 몸이 다른 사람에게 어떤 영향을 끼칠 수 있는지 자각을 하란 말이다!

"내, 내가 무슨 잘못이라도 하였느냐?"

"너무 성훈이하고 붙, 아니, 그게 아니라! 일단 오라니까!"

겁에 질린 랑이는 모르지만 건너편에서 강 건너 불구경하고 있던 녀석들은 눈치챈 것 같다.

"나래 언니, 질투하는 거예요."

[어른 되니까 위기의식 생김.]

"팝콘 있습니다. 같이 먹으면서 구경하죠."

[강 건너 불구경.]

"전에 폐이가 빌려 준 로맨스 소설만큼 재밌는 거예요."

내가 하고 싶은 말은 나래가 대신 해 줬다.

"너희들!!"

"아얏!"

[아파!]

말뿐이 아니라 행동까지 해 주고 있으니 잠시만 기다려 주

세요.

랑이가 갑작스레 모습이 변했기에 잠깐 이야기의 흐름이 끊어졌지만 대책 회의는 금세 재개되었다. 지금 상황이 상황이고 나를 포함한 다른 애들도 요괴가 성장할 수 있다는 사실은 알고 있었으니까. 다만 나래는 랑이에게 이런 일이 또 있었냐고 묻고 그에 대한 대답을 들은 다음에 뭔가를 생각하는 눈치였다. 마음에 걸리는 게 있나?

"다시 제 이야기를 해도 되겠습니까?"

내가 고개를 끄덕이는 것으로 세희가 입을 열었다.

"조금 전에 말씀드린 것처럼 저도 여러 가지 문제에 대해 나름대로 해결책을 세워 두었습니다. **문제는 그것이 제 가치관에 기초했다는 점입니다.**"

"그래도 지금 문제를 해결하는 데 도움이 될 것 같은데."

나래의 말에 세희가 대꾸했다.

"제가 주인님의 행복을 위해서라면 어떠한 짓이라도 저지르는 인간미 없는 귀신이라는 것은 아시지 않습니까? 제 해결책을 따르기로 하시면 그 때는 은하수가 핏빛으로 물들 것입니다."

자기 입으로 말하고도 부끄러워하는 기색이 없다.

"하지만 전 이 사태를 가장 완만히 해결할 수 있는 요괴를 알고 있습니다."

귀가 솔깃해지는 동시에 입이 열렸다.

"누군데."

"냥이 님입니다."

주위에 던질 게 없다는 것이 아쉽다. 랑이라도 던져 볼까. 그러면 분명 피하지 못할 텐데.

"야."

"자고로 문제를 낸 자는 그 답도 알고 있는 법입니다."

이게 시험 문제라면 그럴 수도 있겠지. 하지만 지금은 시험 문제를 푸는 게 아니고 냥이는 나와 입장이 반대다. 그에 대한 답을 생각해 놓았을까?

"그럴 것 같지가 않은데. 왜 그런 귀찮은……."

"모든 사람이 다 도련님 같다고 생각하시면 곤란합니다. 그건 도련님 같은 머리가 나쁘면서도 성격이 게을러빠진 사람들이나 그런 것이니까요."

무시당하는 게 일상이어서 화가 나는 대신에 호기심이 들어 입을 다물고 세희의 이야기를 재촉했다.

"두 분께서 헤어지시면 된다. 이것이 냥이 님이 생각하시는 문제에 대한 가장 합리적인 해결책이겠지만, 냥이 님이라면 두 분께서 헤어지지 않는 것을 전제로 하는 방법도 분명 생각해 놓고 계실 겁니다."

"뭘 믿고 그렇게 자신하냐?"

"냥이 님은 저와 비슷하기 때문입니다."

하긴 음모를 꾸미는 거나 속과 겉이 똑같이 검은 건 닮았지.

"제가 이런 일을 꾸밀 때는 상대방이 제시할 답을 생각하고, 그에 대한 반박을 준비하고 그 반박에 다시 반박하는 답을 찾는 일을 합니다. 그런 과정을 거치다 보면 제 입장에서는 아무런 하자가 없는 해결책이 나오게 되죠. 분명히 냥이 님도 그러하실 겁니다. 물론 방향성의 차이는 있을 겁니다만.”

“그게 말이 되냐?”

세희는 딱 잘라 말했다.

“됩니다. 냥이 님과 5천 년에 가까운 시간 동안 두뇌 싸움을 해 온 제가 확신합니다. 냥이 님은 저와 닮은 부분이 많습니다.”

……5천 년이나 그래 왔냐. 하지만 지금 중요한 건 세희의 말이 사실일 경우 냥이도 세희의 머릿속을 알고 있다는 말이다.

“냥이가 생각을 안 했을 수도 있잖아. 너 때문에.”

“냥이 님의 성격상 그렇지 않으면 속이 뒤틀려서 잠도 제대로 못 잤을 겁니다. 그렇기 때문에 확언할 수 있습니다.”

“하지만 그 해결책이 네가 말했듯이 방향성이 우리하고 다를 경우, 그러니까 너하고 같은 방법이면 쓸모가 없잖아?”

나래의 예리한 질문에 치이가 답했다.

“그건 아닐 거예요. 흑호님은 랑이 님이 없을 때 우리 요괴들을 보살펴줬던 분인 거예요.”

[요괴들 사이에 인덕 있음.]

“또한 냥이 님이 저와 같은 방식으로 생각했을 리가 없습니다.”

세상의 누가 너와 같은 방식으로 생각을 할 수 있겠냐.

"실로 그렇다 한들 묻지 않는 것보다는 나을 것이라 생각합니다."

세희의 말은 어느 정도 일리가 있다. 냥이가 나와 랑이가 지금까지처럼 지낼 경우에 일어나는 문제에 대한 무난한 해결책을 알고 있을 가능성이 크다고 할 수 있겠지. 아니, 세희가 저렇게 확언한 이상 분명히 있을 것이다.

그 사실을 깨닫는 순간 나는 뭔가 다른 것을 깨달았다.

그건 지금 말하기에는 아직 확실하지 않은 가설이기에 나는 일단 입 밖으로 꺼내지 않기로 했다.

"그런데 말이다."

나는 턱을 괴며 말했다.

"그 녀석이 그걸 순순히 말해 줄 리가 없잖아? 그 녀석하고 나는 적대 관계라고."

"적대 관계라 하셨습니까?"

세희의 말에 나는 대답을 아끼고 생각에 잠겨 보았다. 세희가 저런 말을 했다는 건…….

"도련님의 말씀이 맞습니다. 도련님과 냥이 님의 입장은 정반대라 할 수 있으니까요."

단순히 나를 놀리기 위해서였다!

"하지만 이렇게 생각해 보시는 건 어떻습니까? 두 분 다 주인님의 행복을 원하는 건 똑같다고 말이죠."

두 번이나 꼬아서 이야기하지 마. 그래도 그 덕분에 알 수 있었던 게 있었다. 이 녀석이 아까부터 방향성이니 제 입장이니 가치관을 운운했던 게 그런 의도가 있었던 거구나. 세희의 말대로 나와 냥이는 랑이의 행복을 바라고 있다. 입장이 다를 뿐이지 그 마음은 같을 것이다. 나는 내가 랑이와 함께 있는 것으로, 냥이는 헤어지게 만드는 것으로. 또한 내 가설이 맞아떨어졌다는 것. 그렇다면 다시 한번 협상의 여지가 있다. 처음에는 너무 감정적으로 대해서 반론 한 번 못 펴고 끝났으니 이번에는 잘해 보자. 마음의 자세를 바로잡고 각오를 다진 그 때.

"그래도 적대관계라는 건 똑같잖아?"

"응."

"아, 그러네."

"……까먹었어?"

"……난 네가 내 곁에 있다는 사실이 참 기뻐."

"은근슬쩍 넘어가려고 하네."

그렇게 말은 했지만 나래도 이 화제는 슬쩍 넘겼다. 칭찬은 곰도 춤추게 만든다!

"어쨌든 냥이는 어디까지나 성훈이와 랑이가 헤어지는 것을 최선의 방법이라고 생각하잖아? 그런데 그 방법을 성훈이에게 가르쳐 줄까?"

"도련님은 생각하지도 못할 만한 멋진 반론이십니다, 나래님."

저는 좀 내버려 두세요.

"물론 냥이 님께서 그리 쉽게 말씀해 주시지는 않을 것입니다. 그렇기에 저희도 그에 대한 준비를 해야 하겠지요. 냥이님의 마음을 뒤흔들어 속내를 듣고 그에 맞춰 이야기를 듣는 방법을 생각해 내야 할 것입니다."

"어떻게?"

내 질문에 어째서인지 세희의 시선이 다른 쪽으로 향한다. 세희의 이야기에 귀를 기울이고 있던 모두의 눈동자도 그에 따라 움직였다.

"으냐앗? 왜 그러느냐?"

랑이는 자신에게 집중되는 시선이 이상했는지 고개를 갸우뚱하며 머리카락으로 물음표를 만들었다.

간단한 계획의 개요를 듣고 지금 필요 없는 인간은 나가서 냥이나 불러오라는 세희의 명령 같은 권유를 듣고서 밖에 나온 나는, 꽤나 심각한 모습을 볼 수 있었다. 7, 80년대 민주화 운동을 위해 앞장섰던 우리 내 부모님들이 그리했던 것처럼 마당에 있던 요괴 아이들은 서로서로 팔짱을 끼고 바닥에 등을 붙이고, 누울 자리가 없는 요괴 아이들은 서서 팔짱을 낀 채 운동가를 부르고 있었다. 이번에는 아침 서리라는 유명한 가요였다. 나는 아무것도 안 했는데 일이 이렇게 돌아가니 내심 황당해서 냥이를 찾았다. 그러던 중 눈에 딱 들어오는 사람이 있었다. 안 그래도 그 칭송받기 합당하신 가슴님 때문에 눈에 띄는 사람인데 아이들만 있는 곳에 있으니까 그야말로 군계일학이라 칭하기 부족함이 없는 정미 누나다. 그리고 그 옆에는 정미 누나의 커다란 가슴 때문에 잠시 보이지 않았던 냥이도 있었다. 정미 누나는 곤란해하는 표정으로 냥이와 뭔가 이야기를 나누고 있다가 내가 다가가자 인기척을 느꼈는지 이쪽을 돌아보고는 반기는 낯으로 인사했다.

"아, 성훈아. 안녕. 왔으면서 인사도 못 한 건 미안해. 상황이 이래서 말이야."

정미 누나가 여기에 왜 왔는지에 대해서는 물어볼 필요도 없겠지. 곰의 일족은 요괴들을 관리하는 일을 맡고, 가뜩이나 냥이는 그중 특별 감시 대상이라고 누나가 예전에 말해 준 적이 있었다. 그런데 이런 일이 벌어졌으니 누나가 오지 않았다면 그게 더 이상한 일이었겠지. 나는 누나의 마음을 편하게 해 주기 위해서 미소 지으며 말했다.

"괜찮아요, 누나. 그동안 잘 지내셨어요?"

이런 상황에서도 누나는 무슨 일인지 모르겠지만 살짝 얼굴을 붉혔다.

"어쩌지? 나도 중증인가 봐. 이런 상황에 다 부끄러워지네."

뭐가 중증이십니까. 왜 혼자서 이상한 분위기에 빠져 손으로 두 뺨을 감싸며 부끄러워하시나요.

"멸치 다듬기같이 귀찮은 것이 하는 짓도 가관이구나."

멸치의 머리를 떼고 안을 비우는 건 꽤나 귀찮은 일이다. 물론 이건 육수를 내는 데 쓰는 커다란 멸치 이야기지. 그러니까 우리는 커다랗다는 것에 중점을 두자.

"제가 실례를 저질렀네요."

사랑에 빠진 소녀 같은 모습은 순식간에 사라졌다.

"흑호님. 다시 한번 묻겠습니다. 흑호님께서는 정말 제 권유를 무시하실 건가요?"

"그에 대한 대답은 이미 하지 않았느냐."

내가 안에 있던 사이에 뭔가 이야기를 주고받은 것 같다. 둘의 대화가 끝나면 그 때 가서 물어보자.

"감당하지 못할 피가 흐를 겁니다."

"피를 흘리지 않는 혁명을 혁명이라 부를 수 있겠느냐. 네놈들이 무혈 혁명이라 일컫는 것들도 결국 뒤에서는 무수한 생명이 사그라지지 않았느냐?"

"하지만 흘리지 않아도 되는 피를 왜 굳이……."

"필요한 일이니라. 이대로 아무것도 하지 않는다면 우리 요괴들은 진실로 전설 속의 존재들로만 남게 될 것이니라. 그것을 막을 수 있는 것이 흰둥…… 크흠! 호랑이. 내 동생뿐이니라. 우리의 목숨이 사라진다 하더라도 호랑이가 요괴의 왕으로서 제자리를 찾고 우뚝 서게 된다면 우리는 죽음이 무섭지 않느니라."

"이런 방법밖에 없습니까? 흑호님이시라면 지금까지처럼 다른 방법으로도……."

냥이가 손을 들어 정미 누나의 말을 끊었다.

"이것이 내가 생각하는 최선이니라. 더 이상 너와 말을 섞지 않을 것이니 그렇게 알거라."

냥이는 자신의 말을 지키겠다는 듯 몸을 돌려 단상 위에 올라갔다.

"우리는 죽음이 무섭지 않느니라! 우리의 피로 요괴의 왕 호랑이를 세울 것이며! 우리는 요괴를 해방할 초석이 될 것이니라!"

그에 호응하는 함성이 울려 퍼져 몸이 떨렸다. 음향 효과로는 영화관이 부럽지 않군. 정미 누나는 그 모습을 보고 고운 눈썹을 찌푸리며 곤란한 표정을 지었다. 가슴골 사이로 불어 들어가는 깊은 한숨은 지금 누나의 기분이 어떤지, 내 시선이 어디에 있는지 단적으로 보여 주는 좋은 예가 될 것이다. 그리고 그 커다란 가슴이, 아니, 정미 누나가 내게 다가왔다.

"큰일이야."

"큰일이죠."

누나의 가슴 덕분에 지금 정상적인 사고를 못하겠으니까 말이죠. 내가 이런 생각을 하고 있다는 것을 알기라도 하는지 정미 누나가 눈을 흘긴다.

"지금 네가 생각하는 것보다 더 큰일이야."

"왜요?"

내가 성의 누나가 된 기분이 든다.

"하루 안에 해산하지 않으면 퇴치하라는 웅녀님의 명이 떨어졌거든."

……어린이 공원에서 있었던 안 좋은 기억이 되살아나려는 것을 막기 위해 나는 말했다.

"하루요?"

"그래."

시간은 내가 생각했던 것보다 더 촉박해져 있었다.

"그뿐만이 아니라 정부쪽에서도 이대로 보고 있을 수는 없다고 생각하고 있어."

"……정부쪽에서도요?"

그전에 정부에서 뭔가를 하는 걸 본 적이 없는데? 그런 내 의문에 답해주듯 정미 누나가 말했다.

"응. 지금까지는 네가 알아서 잘 해 줬으니까 지켜보기만 했는데 일이 이렇게 되니까……. 정말 잘못했다가는 오늘 일을 계기로 전국의 요괴들을 퇴치하자는 안건이 나올지도 몰라."

아주 난리가 났구만.

"그런데 그걸 누나가 어떻게 알아요?"

내 질문에 정미 누나는 눈을 동그랗게 뜨며 살짝 당황해하다가 부드러운 미소를 지으며 안경테를 고쳐 썼다.

"어머, 내가 이야기 안 했니? 곰의 일족은 정부하고도 연줄이 닿아 있어. 비공식적인 관계지만 이래 봬도 장관 취급을 받으면서 월급도 받는다?"

그래서 정장인 것인가. 아니, 그건 상관없겠지. 그보다 장관 취급이라니. 누나하고 결혼하면 평생 놀고먹으며 저 풍만한 가슴을 주무를 수 있는 기둥서방……. 자꾸 생각이 다른 쪽으로 샌다. 이게 다 누나의, 찬미하기 합당한 성스러운 가슴의

위력이다.

헛소리로 현실에서 도피하는 건 그만하자.

"그래서 흑호님을 설득하려고 했는데 듣지도 않으시더라."

정미 누나의 눈빛이 변했다. 그건 남자로서 거짓말일지라도 호언장담을 하고 싶어지게 만드는, 내게 모든 것을 의지하는 눈빛이었다.

"성훈아. 너는 좋은 생각 없니? 이대로라면 이 일을 계기로 인간과 요괴의 전쟁이 벌어질 거야. 그러면 곰의 일족뿐만 아니라 평범한 사람들도, 또 요괴들도 죽고 다칠 거야. 나는 그런 최악의 상황만은 피하고 싶어."

정미 누나의 말에 나는 그 광경을 상상하고 말았다.

두 세력이 맞붙은 후 시체의 산에서 죽어 버린 요괴 아이를 안아 들고 랑이가 피눈물을 흘리며 울부짖는다.

숨이 멎는다.

심장이 얼어붙는다.

내가 입을 열 수 있었던 것은 오로지 그 섬뜩한 광경에서 벗어나기 위해서였다.

"저도 그래요."

그건 최악의 상황이다. 절대로 그런 일은 일어나지 않도록 해야 한다.

"곰의 일족, 아니, 웅녀는 뭐라고 그래요? 하루 안에 누나보고 알아서 하라고 하지는 않았을 거잖아요?"

"……."

정미 누나는 대답 대신 시선을 피했다.

"진짜 그랬어요?"

"나, 나름 바쁘신 분이시니까. 내가 여기에 신경 쓰는 동안 여기에 없는 대요괴들이 이 틈을 타 무슨 짓을 할지 감시하시기도 하고……."

말을 흐리는 정미 누나에게 더 이상 추궁을 하면 뭘 하리. 어차피 누나도 공무원인데. 그런 실망감 가득 찬 눈으로 바라보고 있자니 누나는 손을 저으며 말했다.

"나쁜 분은 아니야. 아, 그래. 맞다. 네가 이 일을 해결할 수 있을지 기대한다고도 하셨어."

"그런 기대, 전혀 도움이 안 되는데요."

중간 관리직인 정미 누나가 당황한 기색이 역력한 채로 말을 덧붙이는 걸 보니 내 목소리에 가시가 돋쳐 있었던 것 같다.

"아, 그리고 **네가 해결할 자신이 있으면 곰의 일족 모두를 네 뜻대로 부릴 수 있는 권한도 주신다고 하셨는걸.**"

그 말에.

이렇게 급박한 위기 상황에서 떠올렸다는 것 자체가 부끄러운 망상이 떠올랐다.

그것은 참으로 아름답고 더러운 욕망에 점철되어 있어서 설명조차 하지 않겠다. 하지만 말은 하지 않았어도 내 시선은 정직했다.

"그, 그런 의미가 아니야!"

그러면서 왜 가슴을 가리지 않으시는지 모르겠습니다.

"정말, 지금 같은 때에 그런 식으로 쓸 생각 하지 마."

"죄, 죄송합니다."

그런데 그 말은 다른 때는 상관없다는 말인가? 이 일을 잘 해결하면 저 많은 곰의 일족의 가슴을 내 마음대로……. 나란 인간은 참으로 욕망에 충실하구나. 나는 고개를 흔들어서 에로한 상상을 날려 버리고 정미 누나에게 말했다.

"그러면 잠깐만요."

내가 뭘 하려는지 안 정미 누나는 슬쩍 길을 비켜 주었다. 나는 단상 위에서 다른 요괴 아이들과 같이 노래를 부르는 냥이의 뒤에 섰다.

"야."

귀는 쫑긋거렸지만 돌아보지 않는다. 일부러 무시하는 거지? 나는 냥이의 어깨에 손을 올렸다.

"꺄아아아악!!"

"으아아아악!!"

요괴 아이들 사이에서 비명 소리가 터져 나왔다.

"흑호님을 욕보이지 마!"

"흑호님한테 무슨 짓을 하려는 거야!!"

"차, 차라리 날 범하세요!"

"남자도 상관없다며! 그렇다면 차라리 나하고 해!"

"절대로 흑호님은 안 돼!!"

바로 손을 뗐다. 그거로는 모자란 감이 있어서 세 발자국 뒤로 물러난 다음에 두 손을 어깨 위로 들어 올려 항복의 표시를 했다. 안 그랬다면 요괴 아이들이 달려들 기세였거든. 아니, 달려들려고 했는데 냥이가 손을 들어 제지한 거였다.

"괜찮으니라. 나도 너희들과 같은 마음이니라. 나만 안전한 곳에 있을 생각은 조금도 없느니라. 나 역시 호랑이를 위해서 모든 것을 바칠 각오가 되어 있느니라."

성녀 나셨네. 왜, 요술로 후광이라도 비추어 보시지? 냥이가 무슨 일을 했는지 아는 나는 그 가증스러운 모습에 혀를 찰 수밖에 없었다. 그에 비해 요괴 아이들은 그야말로 감동의 도가니였다. 내 정신적인 건강을 위해서 그 이야기는 접어 두겠다. 그럴 틈도 없고.

"왜 나를 불렀느냐. 먼저 나를 죽임으로써 공포심을 유발하려는 것이느냐? 우습구나. 우리들은 그 정도로 꺾이지 않는다. 마지막 하나까지 하늘의 부름을 받는다 해도, 우리는 끝까지 싸울 것이니라."

무슨 말만 하면 환호성이 튀어나와? 견우성에 가 있는 동안 도대체 무슨 짓을 한 거야?

"난 그럴 생각 없다. 그냥 이야기 좀 하자고 부르러 온 거야."

"포기 안 했느냐?"

냥이의 입가에 비릿한 미소가 지어지는 걸 본 사람이 나와 정미 누나밖에 없다는 것이 정말로 아쉽다. 그 미소 그대로 유지한 채 뒤로 돌아 네 뒤에 있는 요괴 아이들을 보면 지지율의 10%는 깎일 텐데 말이야.

"겨우 그 정도로 포기할 정도였으면 네 요술 세계에서 빠져 나오지도 못했을 거다."

냥이가 표정을 찌푸렸다.

"네 녀석의 색욕은 정말로 깊이가 있구나."

칭찬 고맙다. 그리고 이왕이면 그 욕망을 누르고 있는 내 의지에 대한 것도 좀 알아줬으면 한다.

"좋다. 그러면 한 번 더 자리를 가져 보자꾸나. 어차피 나 역시 네 녀석을 설득시켜 흰둥이와 헤어지게 만들어야 할 입장이니 말이니라."

"쉽지 않을 거다."

냥이가 단상 위에서 내려와 나를 올려다보며 말했다.

"나는 사냥꾼이지 도박사가 아니니라."

다시 자리를 잡은 후. 정미 누나는 다른 아이들과 간단히 인사를 했고 가희는 귀신같이 나타나 자리에 참석했다. 이것으로 제2차 회담을 개시하게……. 잠깐만. 나는 여기에 있어야 하는 두 명이 자리를 비운 것을 깨달았다. 그것은 냥이도 마찬가지였다.

"흰둥이와 부엌에 달라붙은 기름때 같은 것은 어디 갔느냐?"

제대로 된 이야기도 듣기 전에 쫓겨난 나는 시선을 나래에게 돌리는 것으로 대답했다.

"할 게 있다고 해서 방으로 들어갔어."

"……흥."

냥이가 마음이 편치 못한지 팔짱을 끼고서 인상을 찌푸렸다. 나는 혹시나 해서 한번 물어보았다.

"왜, 랑이가 없으니까 아쉽냐?"

"그럴 리가 없지 않느냐?"

냥이는 말과 행동으로 즉답했다. 말보다는 몸이 정직하다고 지금까지 내가 신세를 졌던 수많은 책과 게임과 영상의 선생님들은 말씀하셨다. 그러니 어깨를 움찔거리고 꼬리를 쫙 편 모습에 진실함이 있다고 생각하자.

"내가 왜 흰둥이가 없다고 아쉬워하느냐? 그동안 거의 못 보아 왔기에 보고 싶다 할지라도 아쉬워할 일은 전혀 없느니라."

차라리 말을 말아라. 나만 그렇게 생각하지 않는지 페이가 글을 썼다.

[저게 평소 치이 모습.]

"아우우우! 누, 누가 저렇게 티를 냈다는 말인 거예요?!"

[……진담?]

페이처럼 나도 치이에게 뭐라고 한 마디 해 주고 싶었지만 방문이 열리는 소리에 그만두기로 했다. 지금은 농담을 할 때가 아니니까. 뭘 했기에 이제야 나오냐고 말하려는 순간, 나는 혀를 잃었다.

"왜, 왜 그러느냐?"

방문을 열고 나온 랑이가…….

“역시 이상한 것이 틀림없느니라. 세희야, 빨리 갈아입을 옷을 준비해 놓거라.”

“괜찮습니다, 주인님. 도련님께서는 너무나 아름다우신 주인님의 모습에 넋을 잃으신 것뿐이니까요.”

세희의 말이 맞았다. 나는 문을 열고 거실로 나온 랑이를 보고 넋이 나갔다. 난, 그럴 수밖에 없었다. 랑이가 자신의 트레이드마크인 꼬리와 귀를 숨긴 채 우리 학교 교복을 입고 있었으니까. 하지만 세희의 말대로 랑이가 아름다워서 그런 건 아니다. **나는 랑이가 정말로 평범한 인간으로 보인다는 사실에 충격을 받은 것이다.** 아무에게도 이야기하지 않은, 하지만 언제나 내 마음속에 깊게 잠들어 있던 욕망.

인간과 요괴로 만났다. 아이와 어른으로 만났다. 우리 둘은 첫 만남부터 문제가 일어날 수밖에 없는 관계로 시작되었다. 그런 내가 바란 건 평온한 일상이다. 랑이와 만나기 이전의 평온한 일상을 바랐었다. 하지만 어느새 랑이가 내 옆에 있는 것이 평온한 일상으로 변하게 된 이후, 내가 원하는 것은 변했다.

랑이가 인간이었다면, 랑이가 평범한 인간이었다면, 랑이가 나와 같은 평범한 인간이었다면!

있을 수 없는 일이다. 그렇기에 바라지도 않았다. 하지만 랑이가 어른이 되어 귀와 꼬리를 숨기고 교복을 입고 그 모습을 보여 줌으로 인해, 나는 이것이 있을 수 없는 일이라는 것을 알면서도 가슴이 벅차오르는 것을 어쩔 수 없었다.

"……크윽."

신음 소리가 들려와 고개를 돌리니 가슴을 움켜쥐며 성난 모습으로 있는 냥이가 있었다.

"이 사지를 찢어 버려도 모자를 것아."

그 목소리에 담긴 악의가 처음 만났을 때의 아야보다 더해서 숨이 멈출 것 같았다. 그제야 나는 이것이 세희가 준비한 계획이라는 사실을 깨달을 수 있었다. 냥이의 마음을 흔든다는 세희의 계획은 성공했다. 하지만 지금같이 적개심을 불태우는 냥이가 순순히 속내를 드러낼 것 같지는 않은데?

무슨 속셈인지 짐작할 수도 없는 세희가 말했다.

"왜 그러십니까, 냥이 님. 이것이야말로 냥이 님께서 바라시던 것이 아닙니까?"

"닥쳐라! 닥치거라! 누가 이런 것을 바란단 말이느냐! 누가 이런 헛된 것을 바라느냐?! 잡귀 따위가 이루어질 수 없는 꿈으로 나를 욕보는 것이느냐?!"

그 서슬 어린 목소리에 반응한 건 비릿한 미소를 짓고 있는 세희가 아닌 울먹거리기 시작한 랑이였다.

"그, 그렇게 싫으느냐."

랑이는 몸을 바들바들 떨며 세희의 뒤에 숨으며 말했다.

"이렇게 입으면 성훈이하고 검둥이가 좋아할 거라고 해서 입었는데 그렇게 싫어할 줄 몰랐느니라. 너, 너무 화내지 말거라. 나는 검둥이가 그리 화를 내는 모습을 보고 싶지 않으니라. 너무 무섭느니라."

겉으로 보면 랑이가 냥이의 언니처럼 보이기에 얼핏 이상해 보일 수도 있지만 둘의 느낌은 상당히 자연스러웠다. 냥이는 복잡한 표정으로 소매에서 담뱃대를 꺼내 입에 물고 부적으로 불을 붙였다. 누구도 그 행동을 막지 않았고 가희는 재떨이까지 꺼내서 옆에 놓았다. 냥이가 내뱉은 연기는 지금까지와 달리 공중에서 깨끗하게 사라졌고 그 자리를 목소리가 대신했다.

"괜찮으니라. 흰둥이한테 화난 건 아니니라. 그러니……. 나는 괜찮으니라. 그런 네 모습을 보니 좋구나. 정말로…… 정말로 좋구나."

냥이의 목소리에는 나는 알 수 없는 깊은 슬픔이 담겨 있는 것 같다. 그게 이해가 안 된다. 왜? 냥이는 랑이가 요괴의 왕이 되는 걸 바라고 있던 것 아닌가? 그렇다면 지금은 화를 낼 상황이지 저렇게 안타까워할 상황이 아니다.

만약 내 가설이 틀리다면 말이지.

"너무나, 너무나 잘 어울리는구나, 흰둥아."

"헤헤헤, 고맙느니라."

냥이의 칭찬에 랑이는 방금 전에 울먹거렸다는 게 믿기지 않을 정도로 활짝 핀 얼굴로 내게 쪼르르 다가와서 옆에 앉았다. ……치마를 입고 양반다리하는 거 아니다.

"성훈아, 성훈아. 잘 어울리느냐?"

몸을 들이대며 초롱초롱한 눈망울로 나를 올려다보며 묻는 랑이를 제대로 바라보지 못하겠다.

부끄러워서.

제, 젠장! 난 이런 경험은 없다고! 내가 좋아하는 여자애가 이런 식으로 나오면 혀가 굳어 버린단 말이야! 누가 뭐래도 상대는 랑이란 말이다! 내가 이런 상황에서 평정심을 유지할 수 있겠어?!

"……우리하고는 다른 반응인 거예요."

[……자존심 상처.]

"내가 혼내 줄게, 얘들아."

나래와 치이와 페이의 목소리에 나는 겨우 정신을 차릴 수 있었다.

"아우우우, 나래 언니가 그런 말 하니까 더 화나는 거예요."

[나래가 저런 거 하면, 성훈 헤벌쭉~.]

"우리하고는 다른 거예요."

[귀족. 우리 서민.]

정신을 차려야 하는 건 나뿐만이 아니었다.

"……그래?"

싸늘해진 나래의 목소리에 신나게 까불던 치이와 페이가 그대로 굳어 버렸다. 좋아. 이것은 내게 있어 두 번 다시 오지 않을 기회다.

"그, 그러면 사람도 다 모였으니 이야기를 시작해도 될까?"

냥이에게서 아무런 대답이 없다. 냥이는 마치 내가 정미 누나의 가슴을 바라볼 때처럼 넋을 잃고서 랑이를 바라보고 있었다. 그 눈빛에 담겨 있는 감정이 너무나 복잡해서 이 녀석이 도대체 무슨 생각을 하고 있는지 잘은 모르겠지만…….

"친애의 정과 안타까움, 슬픔과 아쉬움, 원망과 증오. 그리고 분노와 아쉬움이옵니다."

가희가 친절히 설명해 주었다.

"무, 무슨 말을 하는 것이느냐?! 내가 왜 흰둥이를 보고 그런 생각을 하겠느냐?!"

아군의 배신에 당황한 냥이가 뒤를 돌아보며 생글생글 웃는 낯으로 있는 가희에게 한 마디 했지만 설득력이 없었다. 오히려 몸을 틀어서 그런지 쭈욱 뻗은 꼬리가 더 잘 보인단 말이지.

"도련님께서 궁금해 하시는 것 같아서 말씀 올린 것이옵니다."

"네 녀석은 도대체 누구의 창귀란 말이느냐?!"

"그건 묻지 않으셔도 아시지 않사옵니까?"

"끄응~. 네놈을 창귀로 삼은 것이 정말 한스럽구나."

냥이는 유들유들하게 대꾸하는 가희와 더 이상 말을 하는 건 좋지 않겠다 생각했는지 다시 나를 보았다. 그리고 내 태도를 보고 인상을 찌푸리며 말했다.

"너는 또 왜 수박 껍질에 달라붙은 파리 같은 꼴로 나를 보느냐."

냥이의 예시는 틀렸다. 나는 단지 턱을 괴고 음흉하며 능글맞게 웃고 있었으니까.

"난 네가 랑이를 보고 있었다는 말은 안 했거든."

"으~. 이것들이 아주 날을 잡았구나."

냥이의 얼굴이 빨개지는 것을 보니 통쾌하다. 여러분! 제가 해냈어요!

"쪼잔하긴."

"아우우우, 꼭 그걸 짚고 넘어가야 하는 거예요, 오라버니?"

[성훈, 밴댕이.]

"도련님다운 언사였습니다."

주위의 반응은 싸늘하기 그지없었다. 랑이야, 우리 랑이야. 너만은 다를 거라고 믿는다. 고개를 돌려 보자 랑이는 머리카락으로 물음표를 만든 채 뭔가를 곰곰이 생각하고 있었다.

"아!"

그리고 물음표를 쭈욱 세워 느낌표로 만들며 박수를 쳤다.

"나를 보고 있었단 말이로구나!"

……이 녀석은 얼마나 더 어른이 되어야 머리가 좋아질까. 랑이의 확인 사살에 한층 더 얼굴을 붉힌 냥이가 뭐라고 하려는 것 같았지만 그것보다 랑이가 말하는 게 빨랐다.

"검둥이가 그리 좋아해 주니 나도 좋으니라."

냥이는 자기가 하려던 말을 한숨으로 바꿨다.

"그래. 흰둥이가 좋아하니 나 역시 좋으니라."

이 녀석들, 이렇게 보니 사이가 꽤 좋네? 전에 학교 옥상에서 봤을 때는 안 좋아 보였는데 그건 냥이가 자신을 속였기 때문이었나?

"그래서 말이니라."

내 생각은 낭랑한 랑이의 목소리에 사라졌다.

"왜 그러느냐."

"그쪽에 가도 되겠느냐?"

충격. 랑이의 냥이 지지 선언. 전 요괴계가 들썩인다!

이런 건 아니다. 랑이는 단순히 냥이의 옆에 앉아도 되겠냐고 물은 것이다. 냥이도 그것을 아는지 담뱃재를 털고 담뱃대를 소매 안으로 집어넣으며 말했다.

"너는 언제나 호박전 부칠 때 옆에서 구경하는 아이 같지 않았느냐."

"……그게 무슨 뜻이느냐?"

나는 알 것 같다. 내가 전 같은 음식을 만들 때는 언제나 아버지께서 냄새에 이끌려 오시고는 이야기도 하지 않고 하나씩 드시곤 했으니까. 냥이는 그 의미를 간단하게 설명했다.

"네 마음대로 하라는 뜻이니라."

"으냐아~. 검둥이는 말을 너무 어렵게 하느니라."

"네가 이해를 못 하는 것뿐이니라."

랑이는 냥이에게 입술을 삐죽 내미는 것으로 항의를 하고 자리에서 일어났다.

"갔다 오겠느니라."

어디 먼 곳이라도 가냐? 나는 웃으며 고개를 끄덕였고 랑이는 날아가듯이 냥이의 뒤에 앉았다. 왜 뒤야?

"왜 뒤에 앉았느냐?"

냥이와 내가 같은 생각을 했다는 것에 짜증이 나려고 할 때.

"이렇게 하기 위해서이니라!"

랑이가 냥이의 허리를 들어 자신의 위에 앉혔다!

"무, 무슨 짓을 하는 것이냐?!"

당황해하며 자신의 품속에서 벗어나려는 냥이의 두 팔과 함께 허리를 감싸 안은 랑이는 장난기 넘치면서도 즐거운 목소리로 말했다.

"지금은 내가 어른이 되었으니 검둥이를 이렇게 안아 주고 싶었느니라."

그러면서 평소의 내가 랑이에게 그리하듯이 바동대는 냥이의 볼에 자신의 볼을 비빈다. 아, 정정. 나는 저렇게까지는 안 한다.

"이, 이거 놓거라! 남들이 보지 않느냐?!"

보는 것 정도에서 끝나는 게 아니라 세희는 어디선가 비디오카메라를 꺼냈고 페이는 스케치북을, 가희는 창호지에 수묵화를 그리고 있다. 참으로 다양한 반응에 감사한다. 그것 때문에 냥이가 더욱 제정신이 아니게 되었으니까. 하지만 냥이의 정신을 가장 크게 흔든 것은 랑이였다.

조금 전까지만 해도 방긋방긋 웃으며 볼을 비비는 데 열심이던 랑이는 냥이가 계속 싫어하는 모습을 보이자 울상이 되어서 물기 어린 목소리로 필살기를 썼다.

"검둥이는 내가 이러는 게 싫으느냐?"

저렇게 말하면 아무리 나라도 싫다는 소리는 못 하지.

"시, 싫으니라."

그런 의미에서 비록 적이지만 감탄할 수밖에 없었다. 불행한 것은 랑이의 공격이 한 번으로 끝나지 않았다는 것.

"히이잉~. 정말로 싫으느냐? 내가 이러는 거, 검둥이는 정말로 싫은 것이느냐?"

냥이는 입을 벌리다가 다시 다물고 고개를 돌려 뭔가를 말하려다 눈물을 흘릴 준비가 끝난 랑이를 보고 다시 입술을 다물고서 으으~ 하는 신음성을 낸 뒤 깊은 한숨을 내쉬었다.

"아니니라. 싫은 것은 아니니라."

"역시 검둥이이니라!"

아까보다 볼을 비비는 속도가 빨라졌고 냥이는 일그러진 미소를 짓고 있다가 우리들의 시선이 집중되어 있다는 사실을 다시 한번 깨닫고 얼굴이 새빨개져서는 소리쳤다.

"네놈들은 뭘 그리 보고 있는 것이느냐?! 형제가 이러는 것이 뭐가 이상하다고!"

형제가 아니라 자매겠지. 그리고 나는 외동이라 모른다. 또 다른 외동인 나래도 모른다는 듯 시선을 치이와 페이에게 돌렸다. 친자매보다 사이가 좋은 치이와 페이는 동시에 고개를 가로저었다. 나는 정미 누나에게 시선을 보냈다. 정미 누나는 곤란한 듯 낮게 웃으며 말했다.

"나도 동생하고 사이가 좋은 편이지만 저런 걸 남들 앞에서 하는 건 좀……. 부끄러워서 못 할 것 같은데?"

이것으로 부끄러운 짓한 놈이 성낸다는 말이 성립되었다. 이럴 때는 인정을 베풀어 주자.

"그래, 그래. 알았다."

"응. 사이좋으면 그럴 수도 있지."

"그런데 내 기억으로는 랑이가 동생이었는데."

"이렇게 보니까 꼭 냥이가 동생 같네."

나와 나래가 주고받는 대화에 냥이가 폭발했다.

"이것들이 정녕 피를 보고 싶은 것이느냐?"

"주인님의 피는 모두 얼굴에 몰려 있사옵니다."

"가희……. 이것이!!"

이를 바득바득 가는 냥이와 달리 가희는 생글생글 미소만 짓고 있다. 무섭지도 않은가.

"그보다 슬슬 이야기를 시작해야 할 것 같습니다."

세희의 차가운 목소리에 우리들은 모두 여기에 모인 목적을 깨우칠 수 있었다. 그래, 우리가 지금 이렇게 놀고 있을 때가 아니지. 잘 말해 줬다, 세희야. 그런데 말이다.

"그 비디오부터 집어넣고 이야기하자."

세희의 비디오카메라에는 아직도 붉은색 램프가 꺼지지 않고 있었다.

랑이가 냥이를 껴안고 있어서 그럴까. 분위기 자체는 처음과 비교할 수 없을 정도로 훈훈해져 있었다.

"그래서 내가 말한 것들에 대해 생각이라도 좀 해 보았느냐. 설마 처음으로 김치찌개를 끓이려는 새댁처럼 김치도 준비 안 해 놓은 것은 아니길 빌겠느니라."

그렇다고 대화 자체가 훈훈하다는 말은 아니다. 나는 세희를 보았다. 세희는 고개를 끄덕였다.

"그런데 그것이 현실로 이루어졌습니다."

냥이의 인상이 팍 구겨졌다.

"그런 표정 짓지 말거라."

그래 봤자 랑이가 머리를 쓰다듬어 주니까 바로 헤실헤실 풀렸지만. 냥이는 자신을 흐뭇한 표정으로 바라보고 있는 나를 눈치채고는 핫! 하고 정신을 차렸다.

"지, 지금은 그런 짓 하지 말거라! 중요한 이야기 중이니라!"

"하지만 나는 검둥이가 그런 표정을 짓는 게 싫단 말이니라. 그러니까 할 것이니라."

"이……. 이 찌개용 돼지고기를 사 오라고 했더니 삼겹살을 사 오는 녀석 같으니라고!"

"……그게 무슨 뜻이느냐?"

"말귀를 못 알아듣는단 말이니라!"

랑이의 볼이 부풀어 올랐다.

"그런 건 아니니라! 난 단지 검둥이도 웃었으면 좋겠단 말이었느니라!"

"지금은 웃을 때가 아니지 않느냐?"

고개를 돌려 눈에 힘을 주고 항의하는 냥이와 그에 지지 않고 노려보는 랑이를 일단 말려야겠다.

"싸움은 그만해라."

""싸움이 아니니라!""

한목소리가 되어 말하는 둘을 보니 헛웃음만 나올 뿐이다. 자기가 방금 보인 흐뭇한 자매애에 냥이는 양 볼을 붉게 물들이고서 헛기침을 했다.

"크흠!"

그래 봤자 랑이 안의 냥이지만.

"어찌되었건 네놈은 아무 생각도 없이 나를 불렀느냐? 그렇다면 이 자리에 있을 이유가 없겠구나."

"내가 안아 주는 것으로는 모자라느냐?"

"그럴 리가 없지……. 흰둥이, 네놈은 이야기 중에 끼어들지 좀 말거라!"

냥이가 바락바락 소리를 질러 보지만 그저 귀여워 보이는 건 랑이 탓이겠지. 하지만 이대로는 정말 이야기가 진행 안 될 것 같아서 나도 랑이에게 한 마디 하기로 했다……가 지금의 나에게는 그만 한 근성이 없다는 것을 깨달았다. 그 뭐라고 할까, 갑작스러운 랑이의 성장에 대한 적응 기간이 좀 더 필요하다고 할까?

"풉."

웃지 마! 난 순정남이라고!

그래서 난 이미 옛날에 적응을 끝마친 나래에게 슬쩍 눈치를 줬다. 옆구리를 꼬집혔다.

"나는 괜찮은 이유가 뭔데?!"

목소리 톤이 한 단계 올라간 걸 보니 진심으로 화가 난 것 같다. 이유는 모르겠지만 지금은 설명이 먼저다.

"그야 너는 내 마누……, 아니."

지금 죽을 고비를 한 번 넘겼습니다.

"서로 너무나 잘 알고 있는 사이잖아."

"서로 좋아하고 있었다는 사실도 얼마 전까지 몰랐으면서 말은 잘해요."

할 말이 없습니다. 나래도 더 이상 나와 말을 섞고 싶지 않은지 주먹으로 옆구리를 치는 것으로 대화를 끝내고 지금까지도 냥이와 옥신각신하면서 놀고 있는 랑이에게 말했다.

"랑이야."

그간 교육의 성과인지 랑이는 바로 고개를 돌려 허리를 쭈욱 펴며 올바른 자세로 나래를 보며 대답했다.

"불렀느냐?"

"지금 중요한 이야기를 하려는 중이니까 버릇없이 중간에 끼어들면 못써."

"지금 누가 누구에게 버릇이 없다 하는 것이느냐. 이 가슴만 큰 돼지 같은 년이!"

우리 랑이가 성격이 달라졌다고 생각하면 안 되기에 덧붙이자면, 지금 말은 냥이가 했다. 냥이에게 한 마디 들은 나래는 만화라면 이마에 핏줄이 그려질 정도로 화가 났는지 눈썹을 확 추켜세우고 아랫입술을 꽉 깨문 채 몸을 부들부들 떨었다.

지금 열심히 참고 있는 거겠죠. 알고 있습니다. 랑이도 재빠르게 눈치챈 것 같다.

"거, 검둥아, 나래한테 그런 말 하지 말거라."

"저것이 감히 흰둥이에게 버릇없다 하지 않았느냐?!"

……평소에 어떻게 지내는지 말했다가는 내 목이 날아가겠군.

"나는 처음부터 저것이 마음에 들지 않았느니라."

걱정 마라, 나래도 지금 널 마음에 들어 하지 않고 있으니까.

"곰의 일족 주제에 감히 우리 흰둥이하고 같이 지내다니! **나도 못 지내고 있는데!** 세희, 네년은 도대체 생각이 있는 것이냐, 없는 것이냐?! 곰의 일족 중에서도 성격 나빠 보이고 살만 뒤룩뒤룩 쪄서 잡아먹으면 삼 일은 배부를 것 같은 년을 옆에 두다니!"

세희는 침묵했고 그건 올바른 판단이었다.

왜냐하면 나래의 인내심이 터져 버렸으니까.

"저기, 너. 내가 곰의 일족인 건 맞는데, 그 일에 대해서는 랑이하고 **둘이서** 잘 풀었거든? 어디서 굴러 온 바퀴벌레 같은 게 끼어들어서 감 놔라 대추 놔라야?"

나래, 무서워. 진짜 무서워. 생각 같아서는 치이하고 페이처럼 누군가를 끌어안고 벌벌 떨고 싶다. 지금 두 팔을 벌린 가희와, 안고 자는 베개를 꺼낸 세희는 제외하자.

"바, 바, 바, 바퀴벌레? 지금 바퀴벌레라 하였느냐?! 이것이 간땡이가 부었구나! 내 오늘 너를 살려 두면 사람이 아니니라!"

"사람은 원래 아니잖아, 너. 입은 삐뚤어져도 말은 제대로 해. 그리고 주제를 흐리지 말아 줄래? 네가 문제로 삼은 건 두 가지. 하나는 내가 랑이에게 교육적 지도를 했다는 것과 곰의 일족인 내가 랑이의 옆에 있다는 거지? 먼저 내가 곰의 일족인 문제는 조금 전에 말했듯이 랑이하고 잘 해결했어. 그리고 나는 랑이에게 버릇이 없다는 말을 할 수 있을 정도로 충분한 위치에 있고 그럴 만한 관계도 쌓았어. 내가 인간 세상에서 배워야 할 지식과 상식을 랑이에게 가르쳐 주고 있는 선생님 역할도 하고 있다는 게 그 증거야. 그런데 아무리 네가 랑이의 언니라고 해도 그런 것까지 뭐라 하는 건 아니지 않아? 혹시 뭐야. 너 치맛바람, 뭐 그런 거야? 아니면 시스터 콤플렉스? 짜증 난다, 너. 나이는 어디로 먹었니?"

안고 자는 베개도 상관없고 가희의 품도 상관없다.

"네년이 정녕 오늘 죽고 싶은 게로구나. 좋다. 오늘 갓 꺼낸 웅담으로 몸보신 좀 해 보자꾸나."

"너 바보 아니니? 곰의 일족이라고 해도 난 사람이거든? 그러니까 쓸개라고 해야지. 그리고 웅담이라는 건 곰의 쓸개즙을 건조시킨 거라서 날 죽여도 지금 당장 먹을 수 없어. 차라리 여기서 벗기기만 하면 바로 쓸 수 있는 호랑이 가죽이 좋겠네. 이왕이면 검은색으로……읍!!"

나는 나래의 입을 막아 준 정미 누나에게 진심으로 감사했다.

"어머나, 흑호님. 오늘 나래가 마법에 걸려서 지금 많이 까칠해졌네요. 그러니까 너무 심려치 마시고 못 들은 거로 해 주세요."

진짜야?!

"읍! 으읍!!"

얼굴이 새빨개져서 뭐라고 말을 하려는 나래의 모습을 보니까 아닌 것 같다.

"그러면 전 나래가 쉬기 편하게 도와주러 가 볼게요."

정미 누나는 냥이가 뭐라고 하기 전에 쌩~ 하고 나래를 끌고서 방 안으로 들어갔다. ……휴. 겨우 살았네. 가뜩이나 감정이 안 좋은 냥이에게 가슴만 크다느니 돼지 같다느니 성격 나빠 보인다느니 살만 뒤룩뒤룩 쪘다느니, 이런 소리를 들으니 이성이 끊긴 것 같다.

소꿉친구는 닮습니다.

"이 기회에 묻겠느니라. 흰둥이, 너는 도대체 저런 것을 왜 가까이 두는 것이느냐?!"

자신을 올려다보며 화를 내는 냥이에게 랑이는 헤헤헤 하고 곤란한 미소를 보였다.

"원래는 좋은 동생이니라. 착하고 상냥하고 날 잘 대해 주느니라. 그런데 오늘은 이상하게 신경이 날카로운 것 같으니, 냥이가 이해해 주거라."

냥이가 고개를 붕붕 흔들었다.

"그게 아니라 왜 곰의 일족을 옆에 두고 있느냔 말이다!"

"으냐아?"

랑이는 이미 나래를 가족이라 생각하기 때문에 이해를 못

했지만 나는 알 것 같았다. 예전에 세희에게 직접 들었던 이야기니까. 그때도 세희는 곰의 일족 자체가 랑이에게 안 좋은 기억을 되살릴 수 있으니까 멀리하라고 했지. 그리고 이번에도 그것과 관련된 이야기를 세희가 꺼냈다.

"그것이 주인님께서 요괴의 왕으로서 합당하신 분이라는 증거입니다."

냥이가 자기와 같은 검은 것을 노려보았다.

"말은 잘하는구나."

"저기, 저기. 무슨 말이느냐?"

혼자 이해하지 못한 랑이가 물어 오자 냥이는 작게 혀를 차고 손을 들어 자신의 순수한 여동생의 머리를 쓰다듬었다.

"흰둥이가 착하다는 이야기였느니라."

랑이는 눈을 가늘게 뜨며 행복한 미소를 지었다. 정말 보기 좋은 자매네. 이런 모습을 잃지 않기 위해서라도 내가 노력을 해야겠지.

"그러면 다시 이야기를 시작해 볼까."

랑이에게 상냥한 미소를 보내고 있던 사람과 동일 인물이라는 것이 믿기지 않을 정도로 싸늘한 시선이 날아왔다.

"30분을 넘게 끓인 칼국수 같은 것이 무슨 이야기를 하자고 하는 것이느냐?"

칼국수뿐만이 아니라 면 종류 음식은 모든지 그 정도 끓이면 답이 없어진다.

"그 답을 이끌어 내는 이야기를 하자는 거다."

"나와 토론이라도 하자는 것이느냐?"

"아니, 토론을 할 필요가 없지. 이미 답은 나와 있으니까."

내 말 속에 숨겨진 뜻을 냥이는 순식간에 알아차렸다.

"오호라. 그런 것이었구나. 네 덜떨어진 머리로는 그런 생각조차 못 했을 터. 그렇다면 또 물에 담가 놓지 않아 밥공기에 달라붙어 말라비틀어진 밥풀 같은 네놈의 짓이렷다?"

밥공기에 들어간 녀석의 말에 말라비틀어진 밥풀이 대답했다.

"어찌되었건 제가 모시는 도련님이십니다."

"세희 님께서는 마음도 넓으셔라. 소저 같으면, 우흣, 한 번 먹고 버렸을 것이옵니다."

내 몸은 자라지 않기 때문에 한 번 먹히면 죽는다고.

"지방방송은 이제 좀 그만할 때입니다."

"지금까지 거의 아무 말도 안 했는데 너무하시옵니다."

"아무 말도 안 한다는 것은 저런 것을 말하는 겁니다."

순식간에 침묵을 유지하는 좋은 자세의 견본이 된 치이와 페이가 안쓰럽다. 그래도 어쩔 수 없지. 지금 당장은 저 두 녀석이 뭐라 말할 자리가 아니니까. 그럼에도 여기에 있는 것은 같은 가족이고 지금 일어나고 있는 일을 알아야 할 의무와 권리가 있기 때문이다.

"잡것들은 다물거라."

냥이는 자신의 상황, 랑이에게 온갖 귀여움을 받고 있는 상황과는 정반대인 위엄 있는 목소리에 다들 입을 다물었다. 물론 나도.

"그래서 네놈은 내가 그리 쉽게 알려 줄 것 같았느냐? 아니, 너와 나의 입장 차이를 알고나 있느냐?"

"내가 아무리 돌머리라고 해도 그 정도는 알아."

"너를 조롱할 수단이 수십, 수백 개가 있지만 네 멍청함이 하늘에아얏?!"

말을 하던 냥이는 갑자기 비명을 질렀다. 왜 그런가 해서 잘 보니 랑이가 불만에 차서 냥이의 귀를 깨물고 있다는 걸 알 수 있었다.

"아프다! 아프느니라! 뭘 하느냐앗! 빨리 놓거라!"

눈물을 찔끔거리며 바동거리는 모습에 옛날의 랑이를 보는 듯한 착각이 든다. 평소 내가 하면 그리 싫어하던 짓을 똑같이 해서 가정 교육의 중요성을 온몸으로 알린 랑이는 깨무는 걸 그만두고 살짝 부어오른 냥이의 귀를 쓰다듬어 주며 말했다.

"우리 낭군님에게 못된 말을 하면 안 되느니라."

가재는 게 편. 랑이는 내 편.

"그렇다고 귀를 깨무는 건 너무하지 않느냐?! 나는 너를 그렇게 키운 적 없느니라!"

"잘못을 하면 벌을 받아야 한다고 성훈이가 가르쳐 주었느니라."

원망의 화살이 내게 날아온다.

"맞잖아?"

틀린 말을 한 적은 없으니 나는 당당하다.

"네놈은 역시 나의 적이니라."

"복습은 그 정도로 됐다."

나는 이야기를 되돌렸다.

"네 말대로 우리의 입장은 반대야. 너는 나와 랑이를 헤어지게 만들고 싶어 하고, 나는 현 상태를 유지하고 싶어 하지.

"그렇느니라. 네 녀석이 내 질문에 대한 답을 찾았다면 그에 대한 이야기를 나누어 네놈을 다시 절망에 빠뜨릴 생각이었지만 꾀나 부리고 있으니, 지금부터는 내가 네놈이 흰둥이와 헤어져야 하는 이유를……."

"아니, 잠깐 기다려. 내 이야기는 끝나지 않았어."

성격 급한 냥이의 말을 끊고 날카로운 시선이 꽂히는 걸 애써 무시하며 나는 말을 이었다.

"우리 둘의 입장이 다르다는 건 알고 있어. 하지만 너나 나나, 기본은 똑같잖아. 그게 뭔지 알지?"

"흰둥이의 행복을 위해 노력한다는 것 말이느냐?"

냥이는 즉답했다.

"으냐앗?"

자기 이야기가 나오자 랑이가 순진하고 순수하게 눈을 빛내며 말했다.

"나는 성훈이하고 검둥이하고 동생들하고 아해들하고 서로서로 친하게 지내면 행복할 것이니라!"

나도 널 행복하게 만들어 주고 싶어.

그 말을 입에 담지 않기 위해 나는 이를 악물고 버텼다. 그런 사람은 여기에 나 말고 또 한 명이 더 있었다. 냥이 역시

이를 악물고 버티는 모습을 아주 잠시 동안 보여 준 것이다. 내가 그것을 눈치챌 수 있었던 것은 평소 주위 사람들의 기분을 수시로 살피는 것이 몸이 배었기 때문일 것이다.

"참으로 불쌍합니다, 도련님."

시끄럽고.

"어쨌든 그런 쪽에서 접근하면 이야기를 좀 더 건설적인 측면에서 나눌 수 있을 것 같은데."

"이 어리석……. 물지 말거라, 이 녀석아. 어쨌든 내가 그런 것도 생각 못 했을 것 같으냐? 흰둥이가 너를 지아비로 섬기기로 한 그 순간부터, 나는 모든 가능성을 염두에 두었느니라. 그리고 지금, 그 결과가 이렇게 나온 것이니라. 너희 둘은 헤어지는 것이 빠르면 빠를수록 흰둥이의 행복을 위해서 좋으니라."

냥이는 재빨리 고개를 숙였다. 딱! 하고 랑이의 이빨이 목표물을 놓쳐 안타까운 소리를 냈다.

"물지 말라고 하였느니라! 이것이 몸 좀 커졌다고 언니를 무시하는 게냐?!"

"검둥이가 먼저 거짓말을 하지 않았느냐! 거짓말을 했으니 벌을 받아야 하느니라!"

"거짓말은 뭐가 거짓말이냐?! 내가 지금까지 너에게 거짓말을 하는 걸 본 적이 있느냐?"

랑이의 기세가 주춤했다.

"어, 없느니라."

"그렇다면 네 언니인 내 말을 믿어 보거라! 물론 알고 있느니라. 너희 둘이 헤어지게 되면 흰둥이가 한동안은 정말 가슴이 아파서 사는 게 사는 것이 아니게 될 것이라는 것 정도는!"

냥이의 목소리에는 마치 자기가 겪었던 일을 말하는 것 같은 설득력이 있었다.

"하지만 그것은 시간이 지나면 충분히 극복해 나갈 수 있는……."

"그럴 리가 없느니라! 내가 성훈이를 잊을 리가 없느니라!"

눈을 부릅뜨며 강한 기운을 내뿜는 랑이에게 냥이도 지지 않고 말했다.

"누가 잊는다 그랬느냐? 그저 이해하게 된다는 말이었느니라! 너의 사랑이 이렇게 끝날 수밖에 없다는 것을 이해하고, 받아들이며, 저 녀석을 그리워하면서도 극복해 나갈 수 있게 된다는 말이었느니라! 그리고 언젠가……"

냥이는 말을 하다가 숨이 막힌 것같이 고통스러운 표정을 지으며 입을 다물었다. 그 틈을 랑이는 놓치지 않았다.

"그런 날이 온다 해도 나는 행복하지는 않을 것이니라! 사랑하는 이가 내 옆에 있어 주지 않는데 그게 무슨 행복이겠느냐? 검둥이가 정녕 나의 행복을 바란다면 나와 성훈이를 방해하지 말거라!"

"사랑하는 이가 곁에 있어 주지 않아도 행복은 찾아올 수 있느니라. 그런 사랑도 있단 말이니라."

그런 애틋한 사랑을 알기에 나는 냥이의 이야기에 반론을 펼 수 없었다.

"그건 사랑이 아니니라. 단순한 자기만족일 뿐이니라."

하지만 랑이는 냥이의 말을 정면으로 부정했다. 그것도 자기만족이라는 어려운 단어까지 쓰면서!

"흰둥이, 이 녀석. 내 말은 들을 생각도 없는 것이로구나?"

"나는 검둥이만큼 머리가 좋지 않아서 뭐라고 제대로 말할 수는 없느니라. 하지만 검둥이의 말이 맞다 생각하면 가슴이 답답해지고 왠지 모르게 화가 나느니라. 그러니까 그 말은 틀린 것이니라."

이성이 아닌 감성에 따르는 랑이의 말에 냥이는 화를 낼 것 같은 표정을 지었다가 이윽고 몇 번째인 줄 모를 깊은 한숨을 쉬었다.

"하아~."

그 사이에 생각을 정리했는지 냥이는 랑이가 아닌 나를 보며 말했다.

"안 되겠느니라."

냥이가 이야기를 그만둔다고 하면 정말 안 될 일이다. 바깥에서 시위 중인 요괴 아이들의 생사가 달려 있다고!

"잠깐만."

나는 뭔가 말을 하려는 냥이를 사전에 막고 내 의견을 전했다.

"둘이서 이야기하자."

냥이의 눈동자에 이채가 보인다.

"응?"

랑이는 내 말뜻을 이해 못 한 듯 나를 보며 머리카락으로 물음표를 만들었다.

"갑자기 왜 그러느냐?"

"그렇구나. 네놈이 왜 그런 말을 했는지 들어 보자꾸나."

저 녀석은 다 알고 있을 것 같은데 물어보네. 아마도 랑이를 설득하기에는 내가 가장 좋은 수단이기 때문이겠지만.

"이야기가 자꾸 옆으로 새서 그래. 지금 중요한 건, 어떻게 하면 네가 저 요괴 아이들을 해산시켜 줄 것인가야. 그에 대한 합의가 지금 진행이 안 되고 있다."

"그건 네 녀석이 몰라서 그런 것이니라. 이 정신없는 와중에서도 그것에 대한 논의는 조금씩이나마 진행되고 있었느니라."

"그건 아는데……."

"이해해 주셔야 합니다, 냥이 님."

세희가 끼어들었다.

"도련님의 금붕어 같은 기억력으로는 이야기의 흐름을 놓치지 않는 것만으로도 벅차기 때문에 그런 말씀을 하실 수밖에 없습니다."

내가 지금 헷갈려하고 있다는 건 사실이지만 그렇게 말하니까 좀 화가 나네.

"인정하십니까, 도련님?"

그래도 사실은 사실이다.

"그래. 그래서 개인적으로 토의라고 해야 할지, 이야기를 하는 게 너무 힘들다. 생각을 정리할 틈도 없고 정신도 없고."

나는 이 말을 하다가 랑이의 안색이 어두워진 것을 보고 급히 말을 덧붙였다.

"그렇다고 방해만 됐다는 건 아니야. 새롭게 생각할 거리가 생기기도 했고 기분도 전환이 됐으니까."

랑이가 안도의 한숨을 내쉬는 것을 보고 나서야 나는 말문을 닫았다.

"결국 네 녀석의 두뇌 회전 속도와 정보 처리 능력이 얼어붙은 고기를 굽는 것같이 느리단 말이지 않느냐?"

꼭 그렇게 말을 해야 되겠냐.

"그래. 그러니까 일대일. 단둘이서 이야기를 할 자리를 마련하는 게 좋겠다는 말이지."

나는 당연히 냥이가 좋다거나 싫다거나 먼저 대답할 줄 알았다.

"응? 왜 갑자기 내 손을 잡느냐?"

하지만 냥이는 다른 방식으로 지금 자신이 랑이와 떨어지고 싶지 않다는 것을 말했다. 자기도 의도치 않은, 거의 무의식적인 행동이었는지 냥이는 깜짝 놀라서 몸을 움찔 떨더니, 흥! 하고 고개를 돌리면서 랑이의 팔을 몸 위에서 밀치며 말했다.

"이, 일어나는데 네 팔이 걸리적거리지 않느냐?"

"으냐아~!"

랑이가 불만에 찬 소리를 내지만 나에게는 오히려 잘된 일이었다.

“그 말은 둘이서 이야기하는 데 불만 없는 이야기지?”

“그렇느니라. 너와 둘이서 담판을 짓는 것을 내가 싫어할 리가 없지 않느냐?”

맹수와 같은 미소를 짓는 냥이를 보니 내가 말을 잘못했나 후회가 들었다.

둘이서 이야기할 장소를 현재 내 방으로 잡고 나서 나는 세희에게 이끌려 부엌으로 가게 되었다.

“작전 타임입니다.”

농구 시합에서 자주 쓰는 수신호를 쓴 세희에게 냥이는 기분 나쁜 표정을 지었지만 이내 조금이라도 더 랑이와 같이 있을 수 있다는 사실에 허락해 주었다. 냥이는 좋겠군. 나는 세희와 면담을 하고 있는데. 이유는 알지만 그래도 이 녀석과 둘이서 있는 건 싫다고.

“불만이십니까.”

그렇다고 그대로 말했다가는 또 한 소리 들을 테니까 나는 다른 이유를 들었다.

“언제는 부엌에 들어오지 말라고 그렇게 말하더니.”

“그러니 도련님께서 인기가 없으신 것입니다.”

“……나, 인기 많거든?”

세희는 일본어로 된 노래를 부르며 싱크대에서 식칼을 들었고 나는 두 손을 들었다.

"농담이다."

"부엌에서는 장난치는 게 아닙니다, 도련님."

내가 하고 싶은 말이지만 넘어가자.

"그래서, 왜?"

"전쟁터에 가는 병사가 총은커녕 삽도 안 가지고 가는 꼴이 될까 봐 잠시 부른 겁니다."

세희는 소매에서 한 권의 책을 꺼냈다. 거기에는 나와 호랑이님 8권이라고…….

"잠깐, 분명 전에는 3권인가 4권아니었냐?"

계속 쓰고 있다는 사실에 대한 딴죽은 포기했다.

"쓰다 보니 집필 속도가 올랐습니다."

거참, 쓸모없는 부분까지 유능한 녀석이다.

"그래서 이건 왜?"

세희가 말했다.

"공략집입니다."

공략집. 게임을 하다 막힐 때 사용하면 아주 좋다.

"장난 이냐?"

"장난입니다."

"이런 상황에서?"

"다시 말씀드리지만 그 어느 때도 여유를 잃지 않으셔야 큰 사람이 될 수 있는 법입니다."

"너는 그릇이 너무 커서 문제야."

"감사합니다."

세희는 빙긋 웃으면서 책을 열더니 그 안에 반으로 접혀진 종이 한 장을 꺼내 내게 건네주었다. 나는 꺼림칙하긴 했지만 주는 걸 안 받을 수도 없는 노릇이라 일단 챙기면서 물어보았다.

"웬 종이?"

"지금까지 있었던 대화를 통해 각자의 입장을 정리한, 일종의 요약본입니다. 주인님과 도련님, 냥이 님과 곰의 일족, 또한 저의 입장을 간단하게 정리했습니다. 냥이 님과의 대화 전에 한 번 읽어 보시는 것을 추천합니다."

나는 세희가 준 종이를 펼쳐 보았다.

주인님: 꽃밭에는 꽃들이 모여 살고요~ 우리들은 성훈 집에~ 모여 살아요~

도련님: 난 누구? 여긴 어디? 모르겠으니까 랑이 뱃살이나 핥아야지.

냥이 님: 헤어져라. 그것을 위해서는 요괴 아이들이 다 죽어도 상관없느니라. 그리고 흰둥이는 내 것이 되는 것이니라.

곰의 일족: 성훈이와 흑호님이 잘 협의 하에…….

세희: 몽땅 죽이고…….

나는 종이를 다시 접고 세희를 보았다.

"요약본?"

"그렇습니다."

"어딜 봐서?"

"있는 그대로를 잘 요약했다고 생각합니다."

세희에게 따져서 이길 걸 기대하느니 바둑이가 내게 반항하기를 바랍시다.

"너 나한테 싸움 거는 거지?"

세희는 말을 돌렸다.

"그것보다 도련님, 주인님의 교복 차림에 냥이 님께서 자기도 모르게 속내를 드러내신 것을 눈치채셨습니까?"

"알고 있는 사실을 본인한테 물어보면 재밌냐?"

"해 보시면 압니다."

세희의 냉소에 냉소로 답하며 나는 말했다.

"그래서 냥이의 본심이 뭔데?"

"도련님께서도 들으시지 않았습니까?"

"알고 있는 사실을 언급하니까 재밌네."

세희는 내 조소에 조소로 답했다.

"그러면 혼자 하실 수 있겠습니까?"

"해 봐야지, 뭐."

대화를 계속하기 위해서 내가 일대일 대담을 요구했으니까.

"그러면 가서 한바탕 난리를 피우시지요, 도련님."

"안 그래도 그럴 생각이다."

나는 세희의 응원 아닌 응원을 뒤로하고 방으로 들어갔다.

냥이는 내 방을 너구리굴로 만들어 놓고 있었다.

"우왁, 담배 냄새."

술, 담배와 거리를 두고 사는 건전한 고등학생인 내게 냥이가 내뿜은 담배 연기는 매캐하고 눈이 따가워서 견디기 힘들었다. 거기다 더위에 습도까지 더하니 죽을 맛이네. 아까 전에는 아무 냄새도 안 났는데 지금은 왜 이래? 나는 방 한가운데에 느긋하게 앉아 담뱃대를 물고서 또다시 연기를 내뿜고 있는 냥이를 지나쳐 창문을 열었다. 연기가 밖으로 나가면서 요괴 아이들의 노랫소리가 안으로 들어온다. 민중가요란 민중가요는 오늘 다 들을 수 있겠군.

"시끄러우니 닫거라."

"네가 담배만 안 피우면 열 필요도 없다. 아니면 네가 나가서 조용히 하라고 하면 되잖아."

"지금은 내가 시킨 것이 아니니라. 나는 어디까지나 저 아이들의 대표일 뿐, 자유 의지는 존중해야 하는 것이니라."

말은 잘하시네요.

"그럼 담배를 끄든가."

"이래서 비흡연자들은 귀찮으니라."

"아니면 아까처럼 연기를 사라지게 만들든가."

"흰둥이도 없는데 내가 왜 그리해야 하느냐? 이 폐병에 걸려 죽을 놈아."

"나보다는 네 폐가 시꺼멓게 되는 게 먼저일 거다."

처음부터 분위기가 안 좋네. 나는 창문을 열어 둔 채 냥이와 마주 앉았다. 냥이는 나를 보고 히죽 웃고는 힘껏 숨을 들이마시더니 연기를 내뿜었다.

내 얼굴에.

"콜록콜록!!"

"흥! 머리에 피도 안 마른 티를 내는구나."

"이 자식이 한번 해보자는 거지?"

"이 정도로 냉정을 잃다니, 네 그릇이 얼마나 작은지 알 것 같구나."

지금 아무나 좋으니까 내게 썩은 우유나 마늘을 줬으면 좋겠다. 냥이에게 냄새 공격을……. 나까지 유치하게 굴면 안 되겠지. 나는 마음을 가라앉히고 토의를 하기 위해 입을 열었다.

"좋아. 그럼 일단 이야기를 시작하기 전에 입장을 정리해 보자."

"호오. 꽤 본격적이지 않느냐?"

조롱하듯 말하는 냥이에게 입가를 한 번 비틀어 주며 웃어 주었다.

"랑이에 대한 일이니까 진지하지 않을 수가 없잖아."

"내가 어리석었구나. 좋다. 한번 읊어 보아라."

짖어 주고 싶은 걸 참으며 나는 말했다.

"나와 너의 입장을 말하자면, 나는 랑이와 함께 앞으로 있을 문제들을 해결해 나가면서……."

"해결은 무슨 말라비틀어진 황태 같은 해결이란 말이냐. 해결할 수 있는 방법조차 모르는 주제에 말이니라."

바로 치고 들어오네. 나는 냥이에게 눈을 한 번 부라리고 말을 이었다.

“그리고 너는 나와 랑이가 헤어진다는 극단적인 방법으로…….”

“효율적인 방법이니라.”

두 번까지는 참자.

“여기서 내 문제는 네 말대로 앞으로 있을 문제를 어떻게 극복해야 할지 모른다는 거야.”

“그리고…….”

냥이가 끼어들려고 하는 것을 손을 들어 막는다.

“계속 들어 봐라. 내 이야기, 아직 안 끝났다.”

“듣기 하찮은 이야기라서 그렇느니라.”

“최소한의 예우는 지켜 달라고. 나는 우리 집 대표로 나온 거니까.”

“그것이 내가 예우를 차려 줘야 할 이유가 된다고 생각하느냐?”

알면서 왜 이럴까.

“그중에는 랑이도 있다.”

냥이는 입을 다물었다.

“그러면 계속 이야기할게. 네가 걱정하는 건 그 와중에, 그리고 문제가 해결된 후에 랑이가 행복할 것인가, 그리고 랑이에 대한 내 마음이 변하지 않을까에 대한 우려겠지.”

냥이의 표정이 변했다.

“호오, 그것을 어찌 알았느냐?”

“네가 한 질문에 대해 생각을 해 봤으니까.”

냥이는 내게 토해 내듯 질문을 던지고 마지막의 마지막에 물었다. 랑이를 행복하게 해 줄 수 있냐고. 그렇다. 냥이가 고민하고 고민한 것은 그것이다. 내가 그 일들을 극복할 수 있냐 없냐에 대한 것은 중요하지 않다. **세희가 말한 대로 냥이는 이미 그 일들을 극복할 수 있는 방법을 알고 있으니까.** 냥이가 알고 싶었던 것은 단 하나였다. 내가 그 문제들 가운데서 랑이를 행복하게 해 줄 수 있느냐. 그리고 나는 대답을 하지 못했다. 냥이가 말한 그것들은 내가 생각할 수 없었던 너무나 큰 사안들이었기에 나도 모르게 거기에 눌려 버린 것이다.

"어쨌든. 너는 내게 그럴 각오도 없고 능력도 없다고 생각했기 때문에 네가 지금 생각하는 방법, 나와 랑이가 헤어지는 방법을 선택한 거다. 맞지?"

"계속 지껄여 보거라."

그 말대로 하자.

"그렇다면 내가 널 설득시켜서 시위를 해산시키려면 난 네게 믿음을 주는 게 먼저겠지. 그 문제들 가운데에서 랑이를 행복하게 해 주며 내 마음도 변치 않을 거란 믿음을 말이야."

냥이는 고개를 끄덕였다.

"그리고 네 입장에서는 내가 랑이와 함께 있을 때 겪을 일은 나로서는 어쩔 수 없는 일이고 랑이를 외롭게 만들 것이며 내 마음조차 지킬 수 없을 거라고 내가 인정하게 만들어야 해. 여기까지 내 정리인데, 맞냐?"

"다용도 프라이팬 같은 놈이로구나. 네 말이 맞느니라."

냥이는 내 예상외로 깔끔하게 인정했다. 이러니까 오히려 내가 당황할 정도였다. 그 사이에 냥이가 말했다.

"그리고 나는 너를 설득하기 위해 이곳에 있느니라."

알고 있다. 이미 들어오기 전에 들었으니까.

"나도 너를 설득하려고 하고 있으니까 쉽게 생각하지 마."

"그렇다면 먼저 말해 보거라. 너는 어떻게 내게 믿음을 줄 것이느냐?"

"그 전에 네가 먼저 말해 줘야겠지. 그 문제의 해결책을 말이다."

"그걸 내가 왜 말을 해 주느냐?"

지금이 승부수를 던질 때다.

"그 방법이야말로 네가 그토록 원하는 랑이의 평범한 행복을 이끌어 낼 수 있는 최선의 방법이니까."

"……네놈."

냥이가 표정을 찌푸렸다.

"어떻게 알았냐고? 네가 교복을 입은 랑이를 보는 표정이 나와 판박이었으니까. 내가 못 알아채면 그게 이상하지. 그 누구보다 랑이가 평범한 여자아이였다면 좋겠다고 생각하는 사람이, 바로 나다."

말했잖아? 나는 성인이 된 랑이하고 이런저런 일을 하고 싶다고. 다시 말하면 랑이가 평범한 여자아이였다면 이미 나는…….

아니, 이런 이야기는 됐고.

"그리고 그건 내가 있어야 가능한 방법이지. 네가 말한 문제들을 모두 해결하게 되면 더 이상 랑이가 요괴이기 때문에 겪어야 할 문제들은 없다는 거고, 그렇다는 건 랑이가 평범한 삶을 살 수 있다는 말이 되니까."

"네 녀석이 꽤나 머리를 굴렸구나."

랑이와 아이들에 관한 일에 대해서는 내 머리 회전 속도가 빨라지거든.

"네 말이 맞느니라. 그 외의 문제들은 나나 달라붙은 생선 비늘 같은 것이 알아서 해결할 수 있을 것밖에 남지 않으니 말이니라. 하지만 네가 그것을 극복할 수 없다고 하지 않았느냐."

"왜. 이유를 말해 주지 않고 날 설득시킬 수 있을 거란 생각은 하지 마."

"네가 못 버틴다고 말하면 되겠느냐?"

냥이는 냉소를 지었다.

"좋으니라. 이렇게 말해 봤자 네 녀석은 그딴 것, 우리의 사랑으로 극복할 수 있다는 헛소리만 지껄이겠지. 좋으니라. 내가 생각했던 그 모든 해답을 알려 주겠느니라. 귀를 씻고 잘 들어라. 그리고 네가 판단하거라. 네가 정말로 흰둥이를 행복하게 해 줄 수 있을지."

냥이는 자신의 문제에 대한 해답을 말하기 시작했다.

"네가 흰둥이의 공식적인 남편이 되면서도 요괴들의 인정을 받는 방법은 예로부터 인간의 왕을 정해 왔던 하늘의 사자인 신수, 기린의 인정을 받으면 되느니라. 그리하면 너는 요괴의 왕인 흰둥이와 맺어질 자격이 있다는 것을 요괴들에게 공표할 수 있느니라. 그러면 어느 누구도 너를 함부로 대하지 못할 것이니라. 네가 정식으로 하늘의 인정을 받은 거니 말이니라. 하지만 기린이 내는 시험은 시험받는 자에 따라 달라지고, 힘들기가 낙타가 바늘구멍에 들어가는 것보다 힘들다는 것을 알아야 하느니라. 그렇다 할지라도 만약 네가 그 시험을 통과하면 하늘을 숭상하는 요괴들의 특징상, 너를 인정할 것이고 네가 험한 소리를 듣지 않고 요괴들의 축복까지 받으며 흰둥이와 혼례를 올릴 수도 있을 것이니라. 또한 너희들이 맺어질 때 요괴들이 느끼는 불안감은 네 스스로 나서서 자신이 인간만을 우선시하지 않을 것이라는 것을 증명해 보이면 될 것이니라. 가장 쉬운 방법으로는 너와 사이좋게 지내는 다른 요괴 아이들과 곰의 일족을 첩으로 들여, 네놈이 결코 인간을 위하여 흰둥이를 자기 뜻대로 움직이지 않는 중도적인 입장이라는 것을 알리는 것이 있느니라. 또한 너는 흰둥이와 함께 더 이상 요괴들이 음지에서 살지 않도록 곰의 일족, 아니, 환웅, 웅녀와 담판을 지어야 할 것이니라. 지금까지 요괴들 중 힘없는 것들은 인간과 곰의 일족들에게 핍박받으며 언제 살해당할지 모르며 살았느니라. 흰둥이의, 요괴들의 왕의 부마라면 응당히 해야 할 일이니라. 그리하면 너는 대요괴들이 힘을 합쳐 흰둥이를 적대하는 꼴을 보지 않아도 될 것이니라. 웅녀, 그것이 문제이긴 하지만 자기 남편에게 빠져 있으니 **네 녀석이 환웅에게 홍익인간의 뜻을 더욱 넓혀 요괴들에게까지**

사랑을 전해야 한다고 설득한다면, 그리 힘든 일은 아닐 것이니라. 문제는 그 이후에 일어나는 혼란일 것이나, 그것은 요술로 인간들의 인식을 손보면 되는 일이니라. 가히 세상을 뒤흔드는 대요술이 되겠지만 환웅과 웅녀, 흰둥이와 나, 그리고 대요괴들이 힘을 합치면 못 할 것은 없느니라. 단순히 혼란의 감소를 위한 것이니 문제가 될 것도 없고 말이니라."

냥이는 순식간에 수많은 이야기를 한 것이 피곤했는지 연기를 흠뻑 들이마신 뒤 내뿜었다.

"이해했느냐."

나는 말했다.

"잘 못 들었습니다?"

담뱃대로 맞으면 아프다.

"이 곰팡이 난 귤 같은 것이 지금 장난하는 것이느냐?!"

냥이가 드러내는 노기에 나는 머리가 나쁜 것을 한탄하며 말했다.

"너, 너무 이야기가 길잖아! 거기다 기린은 뭐야? 인정을 받는다니? 그게 뭔 소리인지 내가 어떻게 알아?"

"……기본 개념도 안 잡혀 있는 똥덩어리에게 내가 무슨 헛소리를 하고 있었는지 모르겠구나."

또, 똥덩어리라니.

"어쨌든, 네가 이해하기 쉽게 다시 설명해 주겠느니라."

냥이가 흠흠, 목소리를 가다듬고 말했다.

"네가 죽는 게 나을 것이니라."

"친절한 설명 고맙다."

"흥! 딱히 네놈을 위한 것은 아니니라!"

……칭찬 아니니까 쑥스러워하지 마라.

"그런데 그게 그렇게 힘들 것 같지는 않은데."

나는 다시금 날아오는 담뱃대를 겨우 피할 수 있었다.

"피했느냐."

"맞아야겠냐."

"그렇느니라."

"아픈 건 싫다."

잠시 의미 없는 눈싸움이 끝난 후 냥이가 말했다.

"네 녀석의 이해 수준이 어째서 청소를 높은 곳에서 낮은 곳으로 해야 하는지 모르는 정도이니 내, 친히 설명해 주겠느니라."

"아이고, 고마워라. 우리 냥이 님은 친절하기도 하시지."

"그, 그러니까 네놈을 위한 것이 아니라고 하지 않았느냐?"

그리고 칭찬이 아니라는 것도 알아줬으면 좋겠다. 냥이는 살짝 붉어진 얼굴로 흠흠 헛기침을 하고는 이야기를 시작했다.

"아까 말했듯이 기린의 시험은 한낱 인간이 그리 쉽게 통과할 수 있는 것이 아니니라. 예를 들어, 과거의 어떤 자는 자신이 왕의 자질인지 알고 싶어 스스로 시험을 받았다가 미치광이가 된 적도 있느니라."

나도 모르게 침이 삼켜졌다.

"시험이 도대체 뭐였는데?"

"자신의 가족을 살해하고 그 피와 살을 먹는 것이었느니라."

말도 제대로 안 나온다.

"……그걸 했다는 거야?"

냥이는 고개를 끄덕였다.

"그리고 그런 시험을 거부할 수 있는 인간미가 없다는 것을 이유로 시험에 통과하지 못하였지."

뭐야, 그러면 쉬운 거 아닌가? 그렇게 생각했을 때 냥이가 말을 이었다.

"하지만 그 후에 그와 똑같은 시험을 받은 자가 있느니라. 그 역시 자신의 가족을 살해하고 피와 살을 먹으라는 명을 받았지. 그리고 그는 행하지 않았느니라. 그 결과가 어떻게 나왔는지 알겠느냐?"

냥이가 이런 말을 하는 건……. 내 표정이 변한 걸 보고 냥이가 고개를 끄덕였다.

"그렇느니라. 그 역시 시험을 통과하지 못했느니라. 그 정도의 결단력도 없어서야 어찌 왕의 그릇이냐는 비웃음과 함께 말이니라."

"……그게 뭐야? 그래서야 제 마음대로인 거잖아?"

"맞다."

냥이는 시원하게 인정했다.

"기린의 시험은 그런 것이니라. 온갖 모순으로 가득 차 있는 것이니라. 그 모순조차 뛰어넘는 힘이 있어야, 기린은 그

자를 인정해 주는 것이니라. 그런 시험을 네가 과연 통과할 수 있을 거라 생각하느냐? 아니, 이런 말은 의미가 없구나. 이미 네놈도 다 알고 있으니."

냥이는 비릿한 미소를 지으며 담뱃대로 나를 가리키며 말했다.

"그런 제멋대로인 시험을 받으며 고민하고 고심하며 고생할 너를 보며 흰둥이가 과연 행복할 것 같으냐?"

……랑이라면. 분명 슬퍼할 것이다. 랑이라면 그럴 것이다.

"또한 네 녀석은 자신이 요괴들에게도 호의적이며 곰의 일족과도 좋은 관계를 유지할 수 있다는 것을 증명하기 위해서 첩을 들여야 할 것이니라. 그걸 보고 흰둥이가 마음 아프지 않을 것이라 생각하느냐?"

그건 반론할 수가 있었다.

"랑이는 신경 쓰지 않는다고……."

"쯧쯧쯧."

나는 냥이의 혀 차는 소리에 입을 다물었다.

"이 여심도 모르는 것아. 그럴 리가 없지 않느냐. 그 이야기를 한 것은 랑이가 어리기 때문이니라. 남녀의 사정 같은 것도 모르는 아이이니라. 그래, 지금처럼과 같이 하하호호 웃으며 지내는 것이라 생각했을 것이니라. 그러나 내가 말하는 것은 미래의 일이니라. 남녀 간의 이치를 모두 깨달았을 때의 일. 그 때도 흰둥이가 지금처럼 생각할 것 같으냐? 다른 여자와 몸을 섞는 모습을 보며 흰둥이가 마음 아파하지 않을 것 같으냐? 네 녀석은 정녕 자기 좋을 대로만 생각하고 있구나."

……윽.

"분명, 나래라 했던가? 그것까지는 인정할 것이니라. 속으로는 싫은 감정이 있을 테지만 네가 그것을 사랑하는 마음 역시 진짜이니까 말이니라. 하지만 네가 들이는 첩의 수가 늘어나면 늘어날수록 흰둥이의 마음이 어떻게 변할지는 나도 잘 모르겠구나."

"하지만 랑이는……."

"아니면 어쩔 것이느냐. 왜 그렇게 자신에게 있어서 최악의 상황을 가정하지 않는 것이느냐. 세상의 모든 일이 너에게 좋게만 흐를 것 같으냐? 참으로 어리석구나."

"랑이가 그럴 리 없으니까 그렇지!"

"무엇을 믿고 그런 소리를 하느냐. 흰둥이라도 질투가 있느니라. 너는 그것을 알고 있을 것이니라."

……알고 있다. 의외로 랑이는 질투가 심하다. 내 무릎 위에 누군가 앉아 있으면 불만을 말하고, 누구보다 자신을 아껴 주지 않으면 살짝 삐치기도 한다. 그리고 언제나 랑이는 말했다. 첩을 들여도 상관은 없지만 가장 사랑해 주는 것은 자신이어야 한다고.

"……알아."

"그런데 그렇게 말할 수 있다니, 네 무신경함이 부럽기까지 하구나."

냥이는 다시금 혀를 차고 나는 입을 다물 수밖에 없었다.

"자, 나는 네가 원한 대로 방법을 말해 줬느니라. 그러면 다시 묻겠느니라. 너는 흰둥이를 행복하게 해 줄 수 있느냐?"

그 질문에.

"그 전에."

나는 대답을 피했다.

"내가 랑이와 헤어질 경우에 대한 이야기가 먼저야."

"호오. 네가 머리를 굴리는 소리가 메추리알 껍질 까는 것 같이 들리는구나."

나를 조롱하며 대답하는 냥이에게 나는 아무런 말도 하지 않았다. 내 대답을 기다리다 지친 듯 냥이가 먼저 입을 열었다.

"좋다. 네 의도에 따라 주겠느니라. 내 말대로 네가 흰둥이와 헤어진다면 앞의 문제는 일어나지 않으니라. 흰둥이는 이대로 지리산으로 돌아가 봉인이 풀리길 기다릴 것이니라. 그리고 봉인이 풀린 후, 요괴들의 왕으로서 살아갈 것이니라. 그렇다고 인간들의 세상이 끝나지는 않을 것이니라. 네놈이 있으니 말이니라. 흰둥이는 너를 위해서라도 조심스럽게 인간과 요괴들이 공존하는 새로운 세상을 열 것이니라."

"아니, 나는 그런 이야기를 듣고 싶은 게 아니야."

나는 냥이의 말을 잘랐다.

"어째서 헤어지는 게 흰둥이가 행복해질 수 있을 것인지, 그것이 궁금하단 말이로구나?"

"응."

"간단하느니라. 네가 평온한 일상을 지낼 수 있기 때문이니라.”

“……에?”

냥이는 불만스럽다는 듯 말했다.

“참으로 안타깝게도 흰둥이의 행복 척도가 네 녀석이라는 것은 사실이니라. 네가 행복해야 흰둥이도 행복하느니라.”

냥이는 진심으로 분한지 꼬리털을 부풀리면서 말을 이었다.

“자신과 헤어진 후에 다시 평온한 일상 속으로 돌아가 평범한 생활을 하며 평범한 여자와 결혼을 하여 평범한 행복을 찾는 네 녀석의 모습을 지켜보는 것만으로도 흰둥이는 행복할 수 있을 것이니라.”

그것이 사실이라는 것을 머리로는 이해하기 때문에 가슴에서 나도 모르게 반론이 튀어나왔다.

“그걸 네가 어떻게 알아?”

“나이니까 알 수 있느니라. 내가 누군지 잊었느냐?”

잊을 리가 있나. 랑이의 언니이면서 세희만큼이나 랑이 사랑이 지극한……. 아!

“그렇느니라. 나는 흰둥이가 행복해하는 모습을 보는 것만으로도 행복하느니라. 흰둥이도 그런 점은 나와 별다르지 않을 것이니라.”

진정하자. 여기서 진정하지 않으면 아무것도 되지 않는다. 나는 해맑게 웃는 랑이의 모습을 떠올리는 것으로 마음의 안정을 되찾고서 냥이에게 말했다.

“그 말은 앞에 했던 말과 모순되지 않나? 넌 아까는 분명 내가 다른 여자와 시시덕거리면 랑이가 질투한다며?"

나름대로 머리를 굴려서 한 공격을 냥이는 웃으면서 받아넘겼다.

"제법 머리를 썼구나."

"대답이나 해."

네 말대로 머리를 써서 여유라는 게 없으니까.

"상황이 다르기에 그런 일은 일어나지 않을 것이니라. 흰둥이는 자신의 희생으로 네 녀석이 행복을 얻었다는 사실에 기뻐할 테니까 말이니라."

그럴 경우에는 랑이가 자기만족을 할 것이란 말이다. 나는 냥이의 말을 부정할 수 없었다. 이미 실제로 자신의 목숨을 희생하려고 했던 때가 있었으니까.

"그래, 그건 그렇다 치자."

"그렇다 치는 것이 아니라 사실이니라."

"그래, 그래. 사실이다."

쉽게 넘어가지를 않지. 중요한 문제는 아니니까 가볍게 승낙하며 나는 말했다.

"그런데 문제는 나야. 나는 랑이가 옆에 없는데 옛날처럼 지낼 수가……."

"있다."

냥이의 눈이 번쩍였다.

"다른 놈들이라면 불가능하겠지만 네놈은 그럴 수 있다. 자신의 의지, 그것이 욕망에 점철되어 있다 할지라도, 자신의 의지만으로 나의 요술을 단신으로 깨뜨린 네놈이라면 가능할 것이니라."

……이것 또한 부정할 수가 없다. 실제로 나는 마음만 먹으면 자신을 세뇌하듯 설득하고 속여서 랑이가 없더라도 예전과 같은 삶을 살 수가 있으니까.

하지만.

예전에도 말했듯이.

"생각이 그쪽으로 잡히지를 않는데?"

"아니, 네 녀석은 그리 생각할 수밖에 없을 것이니라."

냥이의 미소가 짙어졌다.

"그것이 흰둥이를 행복하게 만들어 주는 일이니 너는 할 수밖에 없을 것이니라."

옛날이라면 말 한 마디도 못 했겠지. 하지만 나도 어느 정도 성장해 왔다.

"그건 어디까지나 내가 랑이하고 헤어졌을 때의 일이지. 그리고 난 그럴 생각이 전혀 없고."

"저 아이들이 모두 살해돼도 말이느냐?"

냥이의 손이 창밖을 향한다. 언급은 안 했지만 한목소리가 되어서 들려오는 요괴 아이들의 노랫소리는 지금도 계속 내 정신을 갉아 먹고 있다.

"저 아이들이 모두 살해당하면 흰둥이에게 얼마나 큰마음의 상처가 될 것이라 생각하느냐?"

"언니라면서 그런 말을 잘도 한다?"

"흥! 가족이니까 누구보다 비정해져야 할 때가 있는 법이니라."

그렇게 말은 하면서도 냥이의 안색은 별로 좋지 않다. 그런 일이 벌어지면 랑이에게 미움받게 될 거라는 걸 아는 거지. 그러니까 이건 나에 대한 협박이면서 자기 자신에 대한 자충수다. 다시 말하면 냥이도 더 이상 물러날 생각이 없는 곳까지 왔다는 말이 된다. 생각을 그리 하니까 냥이가 조금은…….

"또한, 내가 설득하였다 하나 저들은 모두 개인의 의지로 자신의 두 발로 걸어서 나온 것이고 스스로 죽음을 각오한 것이니라."

'조금은' 은 무슨 '조금은.' 날카로운 어금니를 보이며 웃는 냥이 때문에 주먹을 움켜쥐게 되었다.

"책임 회피냐?"

"나는 흰둥이를 너무 사랑한 나머지 다른 요괴들을 설득한 책임을 무는 수준에서 끝나느니라."

참아야 한다. 여기서 주먹질을 해 봤자 아무것도 달라지지 않는다.

"단, 너희들은 다르겠지. 수많은 요괴들을 학살당하게 방치한 죄인이 될 것이니라. 네 악명이 높다 하나, 흰둥이에게 비난의 화살이 향하는 것을 막을 수는 없을 것이니라."

"랑이의 행복이 가장 중요하다며?!"

"중요하느니라. 내 어떤 것보다 중요하느니라. 하지만 그렇다 하여 한 순간의 행복을 위하여 영원과 가까운 고통을 맛보

게 하고 싶지는 않으니라. 두 번 다시는!"

그 말을 하는 냥이의 모습에서 나는 세희를 떠올리게 되었다. 왜냐하면 세희와 냥이는 내가 모르는 슬픔을 알고 있으니까.

"……랑이가 봉인당했던 걸 말하는 거야?"

"흥! 그건 네가 신경 쓸 일이 아니니라."

정곡을 찔렸는지 랑이가 고개를 돌리고서 입을 다물고 있다가 그래 봤자 내 말을 인정하는 것밖에 안 된다는 사실을 깨달았는지 느긋하게 담배를 한 모금 빨았다.

"후우~. 하지만 이렇게 강압적으로 이야기해 봤자, 네 녀석이 포기하지 않을 것이라는 사실을 나도 알고 있느니라."

지금까지 이런 식으로 이야기를 해 가며 나를 골려 먹은 귀신 녀석이 한 놈 있었기에 나는 긴장을 풀지 않았다. 의심에 가득 찬 눈으로 바라보고 있자 냥이가 손가락 하나를 세우며 말했다.

"그러니 1년. 1년만 흰둥이와 헤어지거라."

냥이의 말에 화가 나는 대신 의아함이 먼저 생겨났다.

"1년?"

"그렇느니라. 네가 1년 동안만 흰둥이와 헤어져 준다면 그 안에 내 모든 문제를 해결해 주겠느니라."

"내가 뭘 믿고?"

"하늘에 점지어 받은 내 이름, 까미에 걸고 맹세하겠느니라."

나는 하마터면 입에 냥이가 하늘에 점지어 받은 이름을 담을 뺀했다. 그럴 만큼 그 이름이 냥이에게 어울리면서도 귀엽기도 했지만……. 하늘의 작명 센스를 의심하고 싶어질 만한 이름이었으니까. 하지만 나는 이미 알고 있다. 허락받지 않은 사람이 그 이름을 부를 때 어떤 일이 벌어지는 지를 말이야.

"호오, 꽤나 신중하구나."

역시 이 녀석은 조심해야 한다.

"안 통한다, 이 자식아."

"그렇다 한들 내 약속은 진실된 것이니라. 나는 너희들이 1년만 헤어진다면 그 모든 문제를 해결해 주겠느니라."

이름을 걸고 맹세를 한 이상 냥이의 말은 사실일 것이다. 하지만 말이야.

"네가 나한테 그렇게 잘해 줄 이유가 어디 있는데?"

"아까 네가 말한 대로 우리는 한 가지 목표가 있느니라. 흰둥이, 그것을 행복하게 해 주는 것. 그를 위해서는 네가 내 마음에 차지 않을지라도 협력은 할 수 있지 않느냐?"

지금까지 저 녀석이 해 온 짓들을 생각해 보자.

"거짓말을 참 잘하네."

"그러면 이렇게 말해야 하겠느냐? 그 1년 사이에 흰둥이가 네놈을 모두 잊게 할 자신이 있느니라."

"그건 좀 믿음이 가네."

"자, 내 뜻은 모두 전했느니라. 이제 너는 어찌할 것이냐. 이대로 저들이 모두 죽는 것을 보고만 있을 것이느냐? 아니면 내 제안을 받아들일 것이느냐."

……고민을 할 필요가 있다.

지금 내게 가장 우선시해야 할 문제는 바깥의 요괴 아이들을 해산시키는 거다. 요괴 아이들을 해산시키려면 그들의 요구, 랑이와 다른 요괴 아이들을 감금에서 벗어나게 해 주든가, 어딜 봐서 감금인지는 모르겠지만, 내가 그 모든 일을 하면서도 랑이를 행복하게 만들어 줄 수 있다는 믿음을 주어서 냥이가 해산시켜 주는 것밖에 없다. 그렇다면…….

아니, 잠깐만. 정말 그 방법밖에 없을까? 잊지 마라. 냥이는 솜씨 좋은 사냥꾼이다. 나와 이런 대화를 나누기 위해서 도망칠 수 없는 무대를 마련해 놓고 거부할 수 없는 제안을 내밀 정도로 머리가 좋은 녀석이다. 랑이와 꼭 닮은 외모 때문에 나도 모르게 가볍게 보고 있는 거 아닐까. 지금의 상황에서 손쉽게 벗어나려면 냥이의 제안을 따르는 게 좋다. 하지만 그것이 정말로 나와 랑이를 위한 길일까.

세희가 몇 번이나 말했듯이 어떤 문제를 해결하는 방식은 각자의 가치관과 입장에 따라 달라진다. 냥이, 이 녀석은 나를 귀여운 호랑이에게 달라붙어 피를 빨아 먹는 거머리 취급을 한다는 사실을 잊지 말자. 이 녀석의 제안을 따르는 순간, 어떤 방법을 쓸지는 모르겠지만 랑이의 인생에서 내가 완벽하게 배제될 가능성이 분명히 있을 것이다.

하지만 내게 방법이 없는 것도 사실이다. 괜히, 거절할 수 없는 제안이며 막다른 궁지에 몰린 게 아니다. 이 사태를 해결할 만한 방법이 떠오르지 않는다.

그렇다면……. 다시 한번 지혜를 빌리자.

나에게는 눈치 빠르고 머리도 좋고 속이 깊으며 상냥한 소꿉친구와 교활하기가 구렁이 열아홉 마리를 뱃속에 키우고 있는, 절대로 적으로 돌리고 싶지 않은 창귀가 있다. 조금 미안하지만 이런 일에 랑이와 치이와 페이는 마음의 안식을 찾는 것 외에는 도움이 안 되니까 넘어가자.

"내가 이렇게까지 네놈의 편의를 생각해 준 것이니 그 대답이야 뻔하지만 예의상 묻겠느니라."

딱 좋은 때에 냥이가 내게 물었다.

"내 제안을 받아들이겠느냐."

나는 고개를 끄덕이고 세희를 따라 하며 말했다.

"일단 TIME."

"시간은 금이니라."

못마땅한 듯 눈썹을 찡그리는 냥이를 보아하니 내가 확답을 해 주기를 기다렸나 보다. 하지만 이런 일을 내 주관대로 결정할 만큼 머리가 좋지도, 멍청하지도 않다. 나도 지난 1개월 동안 나 자신에 대해 많이 알 수 있었다고.

"오늘 안에 해결해야 할 문제라는 건 다른 말로 하면 오늘 안에만 해결하면 된다는 이야기지. 괜히 급하게 생각해서 나 혼자 결정하는 것보다는 나아."

냥이가 눈을 동그랗게 뜨며 놀랐다.

"호오, 네 녀석의 입에서 그런 말이 나올 거라고는 상상도 못 했느니라."

그러면 내 입에서 만날 가슴 만지고 싶다, 허벅지 핥고 싶다, 뱃살 빨고 싶다, 엉덩이 주무르고 싶다, 같은 소리만 나올 줄 알았냐.

"일단 애들하고 상의를 좀 해 볼 테니까 기다려 줘."

"자기 주관이라고는 물의 끈적임만큼이나 없는 놈이로구나."

냥이가 입꼬리를 슬쩍 올리며 비웃었지만 그에 비해 꼬리를 삐죽 서 있는 게 나름 긴장을 했다는 걸 내게 보여 주고 있다. 내가 올바른 판단을 한 것 같군. 그 사실에 힘을 얻어 나는 능글맞게 냥이에게 말했다.

"내가 워낙 공처가거든."

"……그 말은 인정할 수 없느니라."

진심으로 기분 나빠하는 게 눈에 보인다, 보여.

"잘난 네가 인정할 수밖에 없게 만들어 주지."

"나, 나를 칭찬해도 아무것도 안 떨어진다고 몇 번이나 말하느냐?!"

……칭찬한 거 아니라니까.

냥이가 나간 뒤. 나는 나래와 랑이와 세희를 내 방으로 불렀다. 치이와 폐이, 정미 누나도 부르려고 했지만 세희가 반대했다.

"지금 같은 상황에서는 별 도움이 안 될 것입니다. 또한 따로 시킬 일도 있고요."

나도 사실 그렇게 생각하고 있었기에 할 말이 없었다.

"정미 누나는?"

"밖에 있는 요괴들을 감시하러 나간 것이 옛날입니다. 일부러 부를 일은 없겠지요."

이 녀석이 정미 누나를 싫어하는 건 예전부터 알고 있기에 나는 내 정신을 갉아먹을 것이 눈에 선한 반론을 펴는 것 대신 냥이의 제안을 이야기했다. 내 이야기가 끝나자 랑이는 침울해져서는 꿀 먹은 벙어리가 되었고 세희는 흥미롭다는 표정을, 나래는 입을 열었다.

"나는 조건부 찬성."

랑이의 울상이 더 깊어졌다. 어른의 모습이 돼서 그러지 마라. 나도 모르게 눈가에 맺힌 눈물을 닦아 주게 되잖아. 옛날 같았으면 무릎 위에 앉히고 머리를 쓰다듬어 주며 진정하라고 이야기했겠지만 지금 그런 짓을 하면 내가 죽겠지. 안타깝겠지만 랑이의 머리를 내 어깨에 기대게 만드는 것 정도로 참자.

"우으……. 성훈아……."

네가 무슨 생각을 하는지 나도 다 안다. 그러니까 울지 마. 나도 그게 싫어서 지금 고민하고 있으니까.

"이야기 계속 해도 돼?"

찌릿하고 노려보는 나래가 무서웠기에 나는 고개를 끄덕였다.

"냥이가 그렇게 말을 한 걸로 봐서 너하고 랑이가 1년 동안만 헤어져 있으면 정말로 그 일들을 할 수 있을 거야."

"근거는?"

나래는 나 대신 랑이에게 물었다.

"랑이야. 너 만약에 냥이가 널 속이고 1년 동안 성훈이하고 떨어져 지내게 만들면 어떻게 할 거야?"

랑이의 꼬리가 부풀어 오르며 바짝 서는 게 그 답이었다.

"아무리 검둥이라고 해도 다시는 안 볼 것이니라!"

"알겠지?"

거짓말을 하면 결국 손해를 보는 건 냥이라는 말이군. 나는 고개를 끄덕였다.

"그러면 냥이의 제안을 받아들이는 것도 나쁘지는 않아."

"하지만 나래야."

랑이는 나래가 지금 당장이라도 나와 떨어져 지내라는 이야기를 할 것 같았는지 불안감 가득한 목소리로 말했다. 그것으로도 모자랐는지 꿈틀꿈틀 움직여서는 나래의 옆에 다가가 허리를 껴안고 목덜미에 얼굴을 묻으며 말했다.

"나는 싫으니라. 나는 너희들과 떨어져 지내는 건 죽어도 싫으니라. 내가 있을 곳은 여기, 이곳이니라."

"내 이야기 아직 다 안 끝났어, 랑이야."

나래는 자신에게 기대어 온 랑이의 등을 두 팔로 감싸 안아 주며 불안해하는 새끼 호랑이를 달래 주었다.

……아, 이제는 새끼가 아닌가?

"나도 그런 일은 싫어. 랑이는 나한테도 친동생 같은 아이인걸. ……갑자기 커져서 좀 기분이 이상하기는 하지만."

나래는 곤란한 미소를 짓고는 자신을 올려다보는 랑이에게 말했다.

"어쨌든 냥이의 제안을 그대로 받아들일 생각은 없어. 하지만 꽤나 매력적인 이야기라는 건 인정해야 해. 거기다 냥이가 직접 나서면 **우리들에게** 있을 문제를 1년 동안 해결할 수 있다는 것도 좋은 정보고. 그러면 이용할 수 있는 건 이용해야지."

"어떻게?"

"내 생각은 이래, 성훈아."

긴장해서 그런지 입 안에 고인 침이 넘어가는 소리가 너무 크게 들린다.

"냥이의 제안을 받아들이되, 너희 둘이 만나서 같이 지낼 수 있는 기간을 미리 정하는 거야."

나는 나래가 무슨 말을 하는지 알 수 있었지만 랑이는 아니었다.

"그게 무슨 말이느냐?"

"그러니까 1년 동안 헤어져 있되 한 달에 며칠간 만나서 같이 지낼 수 있다는 식으로 조건을 다는 거야."

이건 마치 부모님이 이혼한 집안에서나 있을 법한 이야기다. 랑이는 나래의 말에 귀가 솔깃했는지 몸을 앞으로 내밀어 자연스럽게 나래가 뒤로 허리를 젖히도록 만들었다. 어렸을 때면 모르겠지만 지금 저런 자세를 하면 입술이 맞닿을 수도 있으니까.

순간적으로 그것도 보고 싶다고 생각해 버린 내가 참 부끄럽다.

"얼마나? 얼마나 같이 있는 것이느냐? 한 달에 30일 정도면 힘들어도 꾸욱 참겠느니라. 나는 참을 수 있느니라."

랑이야. 2월을 제외하면 보통 한 달은 30일에서 31일 사이란다. 나래도 랑이의 말에 당황했는지 웃음을 흘리며 머리를 쓰다듬어 주었다.

"그렇게 길게는 안 될 거야. 주위의 눈도 있으니까. 길어 봐야 일주일 정도겠지."

"으냐아……."

랑이가 한 번에 공기 빠진 풍선처럼 풀이 죽었다. 그런 랑이를 안쓰럽게 바라보던 나래는 푸욱 한숨을 쉰 다음 내게 말했다.

"그리고 너와 랑이가 떨어져서 지내는 동안 랑이를 혼자 있게 만들어서는 안 돼. 세희는 물론 따라가겠지만 나도 같이 지내면서 냥이가 랑이에게 허튼수작을 부리지 못하도록 감시하는 것도 전제야. 대외 명분은 곰의 일족으로 요괴의 왕인 랑이를 감시하기 위해서라고 하면 될걸. 이 정도 조건이라면 냥이의 제안을 받아들이는 것도 나쁘지 않다고 생각해."

나래의 의견을 들은 나는 살짝 마음이 끌렸다. 나래는 정말 지극히 현실적인 대응책을 짧은 시간 내에 생각해 줬다. 객관적으로 봤을 때 그리 나쁜 의견은 아니다. 한 달에 며칠 정도라면 다른 요괴들을 설득하는 것도 가능할 것 같고 나래와 세희가 랑이와 같이 있다면 나름대로 안심이 된다. 문제는…….

그 의견을 내가 받아들일 수 없다는 것이지. 어린애 같다고 말해도 좋다. 나는 어떠한 이유에서라도 랑이와 떨어지기 싫다. 랑이도 그런 생각인지 고개를 돌려 나를 본다. 이런 것으로 괜찮겠느냐는 듯 간절한 감정이 담긴 눈동자로 나를 본다. 나는 그 시선을 무시할 수 없었다.

"하지만 나래야. 그래서야 냥이의 의도대로 따라가는 거 아닐까?"

내 반항과도 같은 반박에 나래는 마치 떼를 부리는 아이를 타이르는 어머니같이 상냥한 미소를 지었다.

"알아, 성훈아. 네가 무슨 생각을 하는지. 하지만 지금 상황에서는 일단 냥이의 의도대로 따라갈 수밖에 없다고 난 생각해. 넌 바깥의 저 아이들이 모두 나쁜 일을 당하는 걸 보고 싶어?"

"아니, 아니니라! 절대로 아니니라! 그것만은 무슨 일이 있어도 막아야 하느니라!"

랑이가 내 대답을 대신해 고개를 붕붕 흔들었다.

"그래. 일이 이렇게 된 이상 급한 불부터 끄는 게 우리의 숙제야."

나래의 말에 나와 랑이는 한마음 한뜻이 되어 침울해졌다. 그런 우리를 보다 못했는지 나래가 다시 한번 깊은 한숨을 쉬고는 내게 말했다.

"하지만 이건 어디까지나 내 생각일 뿐이야. 수많은 방법 중에서 내가 생각할 수 있는 한 가지 방법이고. 무조건 받아들일 필요는 없어. 가장 현실적인 방안이기는 하지만 나도 이 방법은 별로 쓰고 싶지 않은 게 사실이기도 해. **나도 이런 식으로 결론이 나는 건 싫으니까.** 그래도 현실은 현실이야. 그걸 제대로 마주하지 않고서는 돌파구를 찾을 수 없어. 그걸 잘 생각해."

내가 처한 현실. 랑이와 떨어지지 않으면 이곳에 모인 요괴 아이들이 모두 죽임을 당할 거라는 현실. **왜 이런 일이 벌어지게 되었을까.**

"그러면 지금 당장 며칠 동안만 냥이의 말에 따르기로 하고 시간이 지난 다음에 다시 몰래 지내는 건? 일단 저 아이들만 다시 돌려보내면 되는 거잖아."

랑이의 표정이 밝아졌지만 이내 곧 흐려졌다.

"그건 안 되느니라. 나는 아해들을 속이고 싶지 않으니라."

"네 마음은 알겠는데 그건 단순한 현실 도피야, 성훈아. 다음에도 이런 일이 일어나면 어떻게 하려고?"

"과연 인간쓰레기다운 말씀이셨습니다."

한마음 한뜻이 되어 날아오는 비난의 화살에 나는 고개 숙여 사과해야 했다.

"죄송합니다."

이 순간을 벗어나고 싶어서 고육지책―조금 다른 의미인 것 같기도 하지만 느낌이 비슷하니까 넘어가자―을 꺼낸 나로서는 할 말이 사라졌다. 이런 분위기에서 전화 찬스 쓰겠습니다, 같은 농담을 했다가는 무형이 아닌 유형의 압박이 올 게 눈에 선하고. 나래와 랑이도 심각한 표정으로 아무 말도 안

하고 있는 이 침묵이 무섭다. 이대로 가면 랑이가 내 손이 닿지 않는 먼 곳으로 가 버릴 것 같은 공포심에 나는 세희에게 말을 걸었다.

"너는 좋은 생각 없어?"

이런 상황에서도 무표정을 고수하고 있던 세희는 어울리지 않게 고개를 갸웃거리며 말했다.

"있습니다."

한 대 때려 주고 싶다.

"뭔데?"

"전에 말씀드리지 않았습니까?"

기대한 나를 때려 주고 싶다. 세희의 의견은 결국 모두 죽인다는 이야기였지. 나는 일부러 표정을 확 찡그렸다. 그 순간. 찰칵, 하고 카메라 셔터 음이 들렸다. 휴대폰으로 사진을 찍은 세희는 액정을 내 쪽으로 돌렸다.

내 눈! 내 눈!

"꿈에 나올까 무섭습니다."

내가 보기에도 그렇지만 질 수는 없다.

"난 네 꿈에 들어갈까 무섭다."

나는 휴대폰을 빼앗아 사진을 지우고서 세희에게 돌려주었다.

"이런 상황에서도 장난을 치는 걸 보면 넌 정말 대단한 것 같다."

"도련님께서도 이제 좀 정신적인 여유를 되찾으시지요. 지금 거의 죽을상을 하고 계십니다."

"그러니까 지금 그럴 상황이냐고."

내 대답에 세희는 참 안됐다는 듯 나를 보며 깊게 한숨을 쉬어 내 신경을 건드리고서는 아무 일도 없었다는 듯 말했다.

"제가 드릴 수 있는 도움은 모두 드렸습니다. 나머지는 주인님과 도련님께서 헤쳐 나가야 하실 문제입니다."

"왜 나는 빼는데?"

언짢은 기색이 가득 담긴 나래의 목소리에 세희는 한쪽 입꼬리만 슬쩍 올리며 말했다.

"조금 전에 말씀하신 대책에 대해 생각해 보면 답이 나오지 않습니까."

"나는 충분히 현실적인 대안이라 생각하는데."

"정치를 하셔도 될 정도로 현실과 타협하는 부분이 많은, 나래 님의 한계를 보여 줬던 대안이라고 저는 생각합니다."

나래야, 너도 세희가 어떤 귀신인 줄 알잖아? 그렇게 화를 내지 말아 줬으면 좋겠다. 지금 상황이 상황인지라 신경이 날카로워진 건 이해하지만……

이 모든 생각이 담긴 내 눈빛은 닥쳐, 라는 답변으로 되돌아왔다.

"너는 그래서 밖에 있는 애들을 다 죽이자고 해?"

"그래서 제 이름도 빠져 있지 않습니까?"

세희의 입에 참기름 바른 거 누구냐.

"제 한계 역시 거기까지입니다. 그건 나래 님 또한 마찬가지입니다. 하지만 나래 님. 곡해해서 들으시면 안 됩니다. 그것이 나쁘다는 것은 아니니까요. 대의를 등에 업고 정공법으로 자신이 이길 수밖에 없는 싸움을 건 냥이 님을 이길 수 있는 건 **상식이 통하지 않는** 변칙적인 방법을 생각해 낼 수 있는 주인님과 도련님뿐일 겁니다. 저희는 이성으로 움직이기에 지금과 같은 상황에서는 최악의 상황을 모면하는 방법밖에 떠올리지 못하니까요."

나래는 세희의 말을 이해한 것 같지만 기분이 나쁜 목소리로 말했다.

"……네 어감이 나쁜 거야."

"전 평소에도 이러합니다."

"평소에도 시비 거는 말투지."

"잘 아시지 않습니까?"

"너도 잘 알고 있네. 그러면 왜 안 고쳐?"

"고칠 필요가 없습니다."

"주위 사람들이 피해를 받는데도?"

"제 주위에는 사람이 없습니다."

나래는 지금 당장이라도 자리를 박차고 일어나 곰의 일족과 호랑이의 창귀, 세기의 대격돌을 일으킬 기세다. 나는 손을 들어 둘을 말리려고 했다.

"싸우고 있을 때가 아니니라!"

불행인지 다행인지 그 역할을 랑이에게 빼앗겼지만.

"지금은 우리들끼리 이 일을 어떻게 극복해 나갈 것인지 생각해야 할 때가 아니느냐? 그런데 나래하고 세희는 왜 싸우는 것이느냐? 그러면 안 되느니라."

눈에 힘을 주고 진지하게 싸움을 말리는 랑이가 대견스럽게 느껴진다. 그건 나뿐만이 아닌지 당장이라도 세희의 멱살을 잡을 기세였던 나래가 엷은 미소를 지으며 랑이에게 말했다.

"미안해. 내가 너무 예민했나 봐."

"괜찮으니라. 이제 안 그러면 되느니라!"

랑이의 시선이 세희에게 옮겨진다. 세희는 바로 나래에게 고개를 숙였다.

"저도 평소보다 과민해진 것이 없지 않아 있었습니다. 죄송합니다."

"응, 응. 사이좋게 지내야 하는 것이니라."

랑이가 팔짱을 낀 채로 고개를 끄덕이며 흐뭇해한다. 그러더니 은근히 뭔가를 바라는 시선으로 나를 힐끗힐끗 바라본다. 애일 때나 어른일 때나 그 속은 변하지 않았구나.

"잘했어, 랑이야."

나는 그 바람대로 랑이를 칭찬하며 머리를 쓰다듬어 주었다.

"헤헤헤헤."

그렇게 잠시 현실의 무거움을 잊고 있자니 꼬르르륵, 하고 랑이의 배가 울렸다. 랑이는 자기 배 속에서 난 소리에 화들짝 놀라서 두 손을 배 위에 올리고 세희를 보며 말했다.

"배고프니라."

그러고 보니 아침부터 있던 소동 때문에 밥도 아직이었다. 옆에서 나래가 피식 웃는 소리가 난다.

"그러네. 아침도 안 먹고 이게 뭐하는 짓이래?"

나래의 기분이 완전히 풀린 것 같다.

"그리고 도련님께서는 아직 씻지도 않으셨습니다."

……응?

……아! 맞다! 나 일어나서 지금까지 안 씻었지! 우악! 설마 아까 냥이가 했던 냄새난다는 말은 그것 때문이었나?! 나는 얼굴이 화끈거리는 것을 참을 수 없어서 자리에서 벌떡 일어나려고 했다. 그런 나를 막은 건 언제 내 뒤에 돌아가 내 목에 두 팔을 두르고 무게를 싣고 있는지 모를 랑이였다.

"괜찮으니라. 성훈이는 하루 정도는 좀 안 씻어야 하느니라! 만날 만날 씻으니까 내 몸에 성훈이의 냄새가 잘 배지를 않지 않느냐?!"

말이 끝남과 동시에 랑이가 내 목덜미에 코를 묻고 킁킁거렸다.

"지금 이 상태가 딱 좋으니라. 성훈이의 냄새가 짙으니까 말이니라."

한계입니다.

"으아아악!!"

"서, 성훈아?! 왜 그러느냐!!"

나는 거의 도망치듯 화장실로 뛰어 들어갔다.

서둘러 씻으러 갈 때는 경황이 없어 몰랐지만 깨끗하게, 평소보다 몇 배로 바득바득 비누칠을 하고 나온 나는 집 안에 이미 맛있는 냄새가 가득 차고 있다는 사실을 알 수 있었다. 내가 씻는 동안 식사 준비를 했다 해도 너무 빠르다는 생각이 들었는데 다 이유가 있었다. 부엌에서 아침을 준비하고 있는 건 나래나 세희가 아닌 치이였으니까.

"나오셨어요, 오라버니?"

치이는 페이가 귀엽게 그려져 있는 앞치마를 하고서 솜씨 좋게 미역국을 그릇에 담고 있었다.

"도와줄까?"

[그거 내가 할 일.]

뒤에서 연기가 앞으로 나오더니 페이가 쓰윽 하고 걸어왔다. 이 녀석은 치이가 앙증맞게 그려진 검은색 앞치마를 하고 있다. 이 녀석의 치이 사랑은 알아줘야 한다니까.

……문제는 그게 아니지.

"네가 웬일로?"

비가 오나 눈이 오나 바람이 부나 방구석에서 게임만 하거나 나한테 달라붙어서 인내심을 위협하던 녀석이 갑자기 집안일이라니! 청소기 한 번 돌리라고 했다가 코드에 발이 묶여서 넘어졌던 때가 어제 같은데! 감동의 눈물이 흐를 것 같다.

[세희가 시킴.]

흘리지는 않아서 아깝지는 않군.

"그러냐."

치이가 페이에게 국그릇을 건네주며 내게 말했다.

"그러니까 오라버니는 기다리고 나서 처묵처묵하면 되는

거예요."

"……너, 그런 말은 어디서 배웠어?"

처묵처묵이라니! 로리콘, 나가 죽는 거예요, 라는 말은 할지 몰라도 인터넷 용어는 쓰지 않았던 우리 치이가 왜 이렇게 되었을까. 치이는 내 말에 뭔가 이상하다고 생각했는지 눈을 깜빡깜빡하며 말했다.

"아우우우? 페이가 가르쳐 준 거예요."

뒤를 돌아보니 페이는 국그릇을 들고 거실로 도망친 지 오래였다. 예로부터 근묵자흑이라고 하였으니, 지금이 딱 그 꼴이로구나. 까마귀 노는 곳에 까치야 가지 마라.

"그런 말 쓰면 안 돼."

"……나쁜 말인 건가요?"

"좋은 말은 아니다."

"아우우우! 페이가 절 속인 거예요!"

치이의 눈썹이 올라가는 걸 보니 페이의 미래가 보인다.

거실에 앉아 아침부터 상다리가 휘어질 것같이 멋들어지게 차려진 밥상을 보니 없던 식욕도 생겨나는 것 같았다. 문제는 생겨난 식욕을 창밖에서 시위 중인 요괴 아이들이 한 번에 날려 버린다는 거지. 세희가 소리를 차단해 주기는 했지만 그 모습까지는 어쩔 수 없으니까.

"커튼 쳐 드립니까."

이제 슬슬 더워지는 마당에 에어컨도 없는 집에서 커튼을 치면 얼마 안 가서 땀범벅이 될 게 선한데 그러고 싶겠냐.

"됐어."

"아니, 치는 게 좋을 수도 있겠네."

내 생각과는 다른 의견을 내는 나래를 돌아보자 그 시선이 내가 아닌 옆의 랑이에게 가 있었다. 랑이는 평소와는 다르게 밥이 앞에 있는데도 좌불안석이 돼서 엉덩이를 들썩거리며 불안해하고 있었다. 그냥 넘어갈 수가 없군.

"왜 그래?"

"저 아해들은 밥을 안 먹는 것이느냐?"

……아. 우리 랑이는 어쩜 이리 마음씨가 곱게 자랐을까.

"도련님께서 마음에 악마를 키우시니 주인님께서 천사가 되실 수밖에 없으신 겁니다."

"내 생각에는 너 때문에 랑이가 착해진 것 같은데."

나는 세희의 독설에 반론하고 랑이에게 말했다.

"걱정 마. 아침은 먹고 왔을 테니까."

"정말이느냐?"

……그야 모르지. 그렇다고 사실대로 말했다가는 랑이의 걱정이 계속될 테고 거짓말을 했다가는 내 양심이 찔린다.

"한번 물어보고 올게."

결국 나는 자리에서 일어났다. 으……. 솔직히 나가기 싫은데. 요괴 아이들은 나만 보면 원수를 보는 눈이 돼서 내 여린 마음을 갈가리 찢는 악담을 쏟아붓는단 말이야. 요즘 애들, 욕설 정말 잘하더라.

"아, 성훈아."

상냥한 소꿉친구 분께서 마음 약한 저 대신 물어봐 주시려나?

"나가서 바둑이한테 밥 먹으러 들어오라고 해. 정미 누나는 나중에 드신다고 하셨으니까 괜찮고."

헛된 기대를 품은 만큼 실망감도 컸다. 나래 님. 제발 그 상냥함을 저에게도 좀 발휘해 주세요.

밖으로 나오니 순식간에 귀가 울리는 노랫소리가 들려왔다. 나래한테 귀마개를 빌려서 나올걸. 나는 때늦은 후회를 하며 여전히 요괴 아이들과 대치하고 있는 바둑이의 옆에 쭈그려 앉아 머리를 툭툭 두드리며 말했다.

"바둑아, 들어가서 밥 먹자."

내 말에 바둑이는 고개를 돌려 빵빵해진 볼을 보여 줬다.

"먹고 있는데요?"

……인간의 모습으로 개 사료를 먹지 말아 줘.

"보아라! 저것이 요괴를 대하는 강성훈의 모습이다! 우리는 우리를 적대하는 저 가여운 아이를 위해서라도 승리를 쟁취하여야 하느니라!"

"우와아아아!!"

"요괴 해방 만세! 요괴 해방 만세!"

이렇게 선동으로 쓰이니까.

"그러지 말고 들어가서 밥 먹어, 자."

"하지만 도련님. 전 집을 지켜야 해요."

조금 전만 해도 자고 있지 않았냐는 말은 내 입에서 나오지 않았다. 바둑이는 실제로 자면서도 무슨 일이 있으면 귀를 들어 올리곤 했으니까. 지금 이런 상황에서도 신경을 요괴 아이들에게 떼 놓지 않으며 책임감 넘치는 말을 하는 바둑이가 머리를 쓰다듬어 주며 칭찬을 해 줄 정도로 기특하다. 하지만 지금 내가 그런 일을 하면 분명히 냥이가 가만히 있지 않을 거다. 성희롱이니 성추행이니 그런 소리를 하겠지. 나는 슬픈 현실에 굴복하기로 했다.

"괜찮아. 밥 먹는 동안에는 개도…… 아니, 이건 아니지."

속담을 인용하려다가 말이 잘못 나왔다.

"바둑이는 개가 아니다! 개의 요괴다!"

"요괴를 개 취급하는 강성훈은 물러나라! 물러나라!"

이 정도면 나도 화가 안 나려야 안 날 수 없다.

"말꼬리 잡지 마!"

"네 녀석이 말실수를 한 게 먼저 아니느냐?"

냥이의 입에 웅녀의 뼈 몽둥이를 물려 주면 좀 조용해지려나. 지금은 바둑이의 설득이 먼저니까 참을 수밖에 없지만.

"걱정하지 말고 들어가 있어. 그동안은 곰의 일족 누나들이 지켜 줄 테니까."

내가 시선을 돌리자 요괴 아이들과 떨어진 마당 구석에서 정세를 살펴보던 정미 누나가 고개를 끄덕여 줬다. 그와 동시에 다시 구호 소리가 들려왔다.

"실업 요괴를 양성하는 부패 인간은 사퇴하라! 사퇴하라!"

"사퇴하라! 사퇴하라!"

……난, 무슨 말을 못 하냐. 나는 이러지도 저러지도 못하는 바둑이의 손을 잡고 억지로 집 안으로 들여보내 놓고,

"요괴의 자율성을 해치는 독재자 강성훈은 물러나라!"

말도 안 되는 소리를 외치는 냥이에게 다가갔다. 물론 요괴 아이들을 자극해서 좋을 일은 하나도 없기에 충분히 거리를 벌렸다. 냥이는 내가 자신에게 할 말이 있다는 것을 알고서는 손으로 주먹을 쥐어서 구호를 멈추게 했다. 이제야 살겠군.

"이제야 마음을 정했느냐."

김칫국 잘 마신다.

"그게 아니라 궁금한 게 있어서."

"할 이야기는 모두 끝났고 남은 것은 너의 선택뿐이니라."

성급하게 뒤돌아서려는 냥이에게 급하게 말을 걸었다.

"너희들 밥은 먹고 왔냐?"

"……밥?"

냥이의 귀가 쫑긋거리는 걸 보니 관심이 있는 것 같다. 다행이군.

"그래, 밥. 랑이가 그것 때문에 지금 숟가락도 못 들고 있다."

냥이는 고개를 갸우뚱 거리며 말했다.

"무슨 말인지는 모르겠지만 그렇다면 손으로 먹으면 되겠구나. 흰둥이는 귀여우니 그것도 사랑스러울 것이니라."

이 빌어먹을 '동생 사랑 200%를 보장해 드립니다.' 언니를 어떻게 하지 않으면 내 속이 먼저 터질 것 같다.

"아니, 너희들 걱정 때문에 밥을 못 먹고 있다고. 그래서 너희들이 아침밥을……."

"호오."

냥이는 내 말을 잘라버리고 뒤로 돌아서서 요괴 아이들을 향해 외쳤다.

"들었느냐? 호랑이는 인간의 마수에 당한 지금도 우리들을 걱정하고 있느니라! 어떤 것에 비교한다 할지라도 그 흉악함을 표현할 수 없는, 인간쓰레기라 부르는 것조차 칭찬이 될 자에게 농락당하고 있는 지금도 우리에 대한 마음은 사라지지 않았느니라! 우리는 이에 보답하여 호랑이의 눈을 밝혀 올바른 곳으로 인도하여야 하느니라!"

너 그냥 정치가 해라. 나는 다시 대기가 진동할 만큼 거센 환호성을 지르는 요괴 아이들을 보며 인상을 찌푸리며 말했다.

"그래서 먹었다는 거야 말았다는 거야?"

냥이가 고개만 돌려서 내게 말했다.

"흰둥이가 이런 처지에 있는데 밥이 넘어가겠느냐."

지난 한 달 동안 넌 뭘 먹고 살았는지 모르겠다. 어쨌든 오늘 아침은 안 먹었다는 건 알겠군.

"그러면 언제 먹을 건데?"

"네놈은 단식 투쟁이라는 말의 뜻도 모르느냐."

"한번 물어봤다."

원했던 대답도 다 들었겠다, 요괴 아이들의 흉흉한 눈빛을 맨몸으로 받는 것은 상당한 정신적인 피곤이 쌓이기에 나는 다시 집 안으로 들어가기로 했다. 그런 내 뒤로 요괴 아이들의 구호를 외치는 소리가 들려온다. 개, 아니, 벌레만도 못한 취급을 받는 건 아무리 각오를 했다 해도 어김없이 마음에 상처를 입는군. 이 상황을 최대한 빨리 어떻게든 해야겠다.

"뭐라고 하였느냐?"

집 안으로 들어오자마자 랑이가 몸을 반쯤 일으켜 걱정에 찬 눈빛으로 내게 말을 걸어왔다. 나는 대답 대신 그 옆에 앉으며 고개를 저었고 랑이는 풀이 죽어서는 다시 엉덩이를 바닥에 댔다.

"으냐아……."

음. 안 좋아. 안 좋은 기억이 되살아나려고 하고 있다. 나는 랑이가 끔찍한 소리를 하기 전에 선수를 쳤다.

"괜찮을 거야, 랑이야. 그러니까……."

"그러면 나도 안 먹겠느니라. 이런 상황에서 나만 혼자 배부를 수는 없느니라."

내가 할 이야기를 어떻게 알았는지 랑이가 재빠르게 반론을 폈다. 그리고 세희는 밥상을 두 손으로 잡았다. 이야~. 정말 오랜만이군. 그래도 다행인 건 그때와는 달리 실제로 엎을 생각이 없는지 밥상에서 바로 손을 뗐다는 거다. 다시 말하면 지금 건 협박이라는 거지. 협박이 협박으로 끝나도록 하기 위해 나는 재빨리 나래에게 눈빛으로 도움을 요청했다.

도움!

그에 답하는 나래의 시선이 싸늘해서 뭐라고 할 말이 없다.

넌 왜 그런 걸 곧이곧대로 말해? 말은 안 했습니다. 자랑이다. 그렇다고 거짓말을 할 수는 없잖아요?

나래는 시선 대화 끝에 한숨을 쉬고는 자기만큼이나 커진 랑이의 머리를 쓱쓱 쓰다듬어 주며 말했다.

"랑이야, 네 마음은 알겠는데 그러면 안 돼. 널 위해서 상을 차린 치이하고 폐이의 정성을 무시하는 일이 되잖니? 그리고 봐. 성훈이하고 세희, 그리고 나도 네가 밥을 굶으면 걱정이 돼서 마음이 아프단 말이야. 그러니까, 응? 조금이라도 먹자."

랑이를 달래는 모습을 보니 나래가 어머니같이 느껴진다. 아, 우리 어머니 말고 세간에서 말하는 평범한 이미지의 어머니다. 내가 우리 어머니께 밥을 안 먹는다고 하면, "우리 아들. 많이 컸네? 그러면 오늘부터는 네가 배고플 때 네가 번 돈으로 네가 알아서 먹으렴." 같은 말씀을 하시지. 이건 경험담이다.

"하지만, 하지만 나래야. 나는 도저히 못 먹겠느니라. 나 때문에 저 아해들이 밥도 안 먹고 있는데 어찌 나만 배부를 수 있겠느냐? 나는 왕이니라. 왕은 그리 해서는 안 되느니라."

시민의 뱃가죽이 등짝에 달라붙고, 삶이 힘들어서 스스로 목숨을 끊어도 신경 쓰지 않는 사람들이 많다는 말을 하고 싶었지만 이 상황에 그런 말을 했다가는 밥 대신 눈치만 먹게 되겠지.

"그러니까 네가 먹어야 해. 랑이가 밥을 안 먹어서 기운이 없으면 만약에 저 아이들한테 무슨 일이라도 일어났을 때 어떻게 보호해 주려고? 몸 상태를 챙기는 것도 왕의 의무야, 랑이야."

"으냐아……."

말솜씨로는 랑이가 나래를 이길 수 없겠지. 하지만 감정은 어쩔 수 없는 것. 할 말이 없어졌음에도 랑이는 입을 꼬옥 다물고 고개를 숙인 채 울상만 지었다.

그리고 밥상이 부들부들 떨리기 시작했다. 협박이 실력 행사로 변했다.

세희의 시위에 이번에는 바둑이뿐만 아니라 치이와 페이까지 자기 밥그릇과 국그릇을 들었다. 이대로라면 밥상이 엎어지는 것도 시간문제다.

"하아……"

나래는 더 이상의 설득이 의미가 없다고 생각했는지 고개를 돌려 나를 보았다. 난 포기. 눈빛이 그리 말하고 있다. 다시 말해 도와줄 만큼 도와줬다는 말이다. 그렇다면 이제 내 차례인가.

"세희야."

다들 왜 실망한 눈으로 나를 보는 거야? 누가 설득하는 걸 포기했대?

"예, 도련님."

"네가 좀 어떻게 해 봐라."

"무엇을 말입니까?"

이 녀석은 역시 귀신이다. 내가 생각하는 걸 다 꿰뚫어 보고 있어.

"나가서 애들 밥 좀 먹이라고."

"스스로 결정한 일인데 저라고 무슨 방도가 있겠습니까."

다른 누구도 아닌 세희가 저런 소리를 하니까 울화통이 터지려고 하네. 지금까지 내가 스스로 결정한 일에 딴죽을 걸고 자기 마음대로 이끌어 가던 녀석이 누구였더라?

"그게 네 특기잖아."

"제가 왜 귀찮게 저런 버러지들, 실례, 요괴들을 위해 손을 써야 합니까."

이 녀석은 여전히 요괴에 대한 취급이 나쁘구나.

"끼니 한 끼 넘긴다 해서 죽지는 않습니다."

"랑이는?"

세희의 눈에서 LED 손전등에서나 볼 법한 붉은 안광이 뿜어져 나왔다.

"주인님과 비교할 대상이 세상에 있다고 생각하십니까?"

"미, 미안."

말 한 마디 잘못했다가 죽을 뻔했다.

그러면 어떻게 하지? 밥상이 뒤집어지기 전에 랑이에게 밥을 먹일 방법을 생각해 내야 할 텐데 머리가 무겁다. 아침부터 말 못 할 별의별 소리를 다 들어서 그럴까, 아니면 너무 머리를 많이 굴려서 그런 걸까. 좋은 방법이 떠오르지가 않아. 드는 생각이라고는 내가 먼저 밥을 입에 넣고 잘 씹은 다음에 랑이에게 억지로 먹인다, 같은 말도 안 되는 것들뿐이다.

……해 버려? 그냥 억지로 해 버리고 나래한테 좀 맞을까? 정신적으로 너무 피곤하니까 차라리 몸이 좀 아프고 마는 것도 괜찮다는 생각이 든다.

그 때.

끼이이익, 하고 현관문이 열리는 소리가 들렸다. 나는 정미 누나나 냥이가 들어온 거라고 생각하며 고개를 돌렸는데…….

"도대체 무슨 일이야, 이 사고뭉치들아?"

그곳에 있는 것은 내 예상외의 인물이었다.

"어?"

"'어?' 는 무슨 '어?' 야, 이 무신경아!"

아야다. 헤어졌을 때가 아니라 처음 만났을 때의 모습으로 볼을 살짝 물들인 채로 어딘가 화가 난 모습의 아야가 거기에 있었다. 아야가 갑자기 왜 온 거지?! 혼란스러워서 머리가 잘 돌아가지 않는다.

"뭐야, 반응이 왜 그래! 내가 온 게 그렇게 싫어, 이 나쁜놈아?"

화내는 아야의 모습에 나는 머리를 몇 번 흔들고서야 겨우 제정신을 차릴 수 있었다.

"너 아직 아프냐? 왜 어린애가 됐어?"

“아직 힘을 제대로 다루질 못해서 일부러 봉인해 두고 있어……가 아니라! 도대체 무슨 일이냐고 했잖아?!”

아야는 신발을 벗고 성큼성큼 다가오더니 주위의 시선을 무시하고 내 무릎 위에 떡하니 앉았다. ……지금 이 상황에 적응할 수 있는 사람이 있다면 그 사람은 정말 산전수전 다 겪은 사람일 거다.

아니면.

“으, 으냐아……. 거기는 내 자리인데…….”

순진하고 순수한 아이든가.

“뭐, 이 밥팅아. 그래서 뭐? 할 말 있어? 있으면 해 봐, 키히힝.”

“아, 아무것도 아니니라.”

랑이도 아야에게는 큰 소리를 못 내는구나.

“응? 그런데 넌 또 왜 그렇게 커졌어?”

아야는 울상과 분함이 뒤섞인 눈으로 자신을 내려다보는 랑이를 물끄러미 바라보다가 그 시선을 아래로 내리고서는 낮게 웃었다.

“키히힝~. 그래도 가슴은 여전히 작네, 이 빈유야.”

랑이가 바로 기운을 되찾았다.

“으냐앗! 안 작느니라! 확실히 커졌느니라!”

나는 옷을 벗어 버리려는 랑이를 잽싸게 말린 나래에게 감사의 인사를 하고 아야에게 말했다.

“그보다 넌 갑자기 웬일로 왔어?”

아얏. 아야가 꼬집은 팔뚝이 아프다.

"갑자기도 아니고 웬일도 아니야, 이 무책임아! 네가 날 책임진다고 말했잖아? 그러니까 아저씨네 애들한테 인사만 하고 다시 오려고 했는데 견우성으로 유배를 갔지 않나! 어제 다시 돌아왔다고 들어서 허겁지겁 왔는데, 평소에는 마을에 틀어박혀 있을 요괴들은 마당에 가득 하지, 집 안 분위기는 엉망이지. 도대체 이게 뭐야? 넌 또 왜 그렇게 안색이 안 좋아? 이래서야 너하고……. 아니, 이건 됐으니까 넘어가, 자기야!"

뭐가 된 건지는 잘 모르겠지만 이 녀석이 날 부르는 단어가 조금 이상하다는 것과 질문을 했는데 오히려 질문을 받았다는 건 알겠다. 간추린 설명은 잘하지 못하는 나는 옷을 벗어서 자신의 성장을 증명하겠다고 난리인 랑이를 말리는 데 집중하고 있는 나래 대신 지금까지 밥상으로 집안사람과 요괴들을 협박하고 있던 세희에게 이야기를 부탁하기로 했다.

"난리가 났습니다."

그냥 내가 할 걸 그랬다.

"그건 보면 알아, 이 악귀야. 넌 빨리 성불이나 해."

"칭찬 감사합니다."

칭찬 아니다. 그거 칭찬 아니야.

결국 세희 대신에 지금 상황에 대해 간단한 설명을 하게 된 나는 아야의 독설을 받아야 했다.

"너, 진짜 바보 아냐?"

그래 봤자 내 품에 안긴 채 머리를 기대고서 꼬리를 꼼지락 꼼지락하는 아야에게 그런 소리를 들어도 전혀 마음이 아프지 않다.

"그럼 넌 좋은 방법이라도 있어?"

"저 밥보가 직접 나가서 같이 밥 먹자고 설득하면 되잖아? 저 상냥이는 너희들이 안 먹으면 나도 밥이 안 넘어간다거나, 그런 말 잘하잖아? 거기다 펑펑 울기라도 하면 다 들어주지 않겠어?"

……어? 아야의 의견은 꽤 좋은 생각으로 보인다. 저 요괴 아이들은 모두 랑이를 위해 모였다. 그렇다면 랑이의 발언만큼 강한 힘을 가진 것도 없을 것이다.

난 왜 그 생각을 못 했지?

"오! 좋은 생각이로구나! 그렇다면 난 바로 갔다 오겠느니라!"

랑이는 아야의 말을 듣고 바로 밖으로 뛰쳐나갔다. 나는 그 모습을 보다가 다시 아야에게 시선을 돌렸다.

"키히힝~. 어때? 이게 여우의 꾀라는 거야. 이래도 여우같지 않다는 말이 나와?"

그거 아직도 신경 쓰고 있었냐.

"아니, 고맙다. 그것 때문에 골머리를 썩고 있었거든."

나는 진심으로 감사하며 그 마음을 가득 담아 머리를 쓰다듬어 주었다.

"키히힝~."

아야는 기분 좋은 웃음소리를 내다가 몸을 움찔 떨고서는 고개를 들어 나를 올려다보며 말했다.

“그게 아니야, 이 서투른 놈아! 좀 더 부드럽게, 애정을 담아서 쓰다듬어 달라고. 특히 은근슬쩍 귀 밑을 살살 긁어 줘야 기분이 더 좋단 말이야.”

그 당돌한 요구에 나는 살짝 할 말을 잃으며 몸이 굳어졌다.

“뭐해?”

“……너 성격이 조금 변한 것 같아서. 그런 말을 잘도 하네?”

“키이잉? 무슨 말이야? 네가 내 인생 책임진다며? 그러면 당연히 내가 지금까지 받지 못한 사랑하고 관심을 달라고 졸라야 하는 거잖아? 그런데 내가 왜 이런 요구도 못 해?”

구구절절 맞는 말인 것 같은데 왜 이렇게 불안한 거지? 아, 그 이유를 알 것 같다. 나래와 치이와 페이가 나를 노려보고 있었기 때문이다.

[너무 많음.]

“아우우우, 이건 아닌 거예요.”

“이젠 화도 안 나.”

제가 일부러 그런 것도 아니고 어디까지나 아야는 내게 아버지로서의 사랑과 관심을 바라고 있는 겁니다. 나는 변명을 하고 싶었지만, 콰당! 큰 소리를 내며 랑이가 안으로 들어왔기에 뒤로 미루기로 했다.

“아해들이 내 말을 들어 주었느니라!”

다행이다.

"그러니까 세희야! 저 아해들이 먹을 밥을 준비해 주거라!"

나는 세희의 얼굴이 한순간 일그러지며 중얼거리는 것을 놓치지 않고 들을 수 있었다.

"음식물 쓰레기도 아까운 것들을……."

랑이가 못 들어서 다행이다.

늦은 아침 겸 점심 식사가 끝난 뒤, 나래에게 제대로 된 설명을 들은 아야는 곰곰이 생각에 잠기더니 지금의 상황을 간단하게 정의 내렸다.

"바보들 천지야."

"난 바보가 아니니라!"

"크응? 아, 맞다. 넌 밥보였지?"

"밥보도 아니니라!"

랑이의 말에 아야는 어딘가 안도? 아니, 기뻐 보이는 표정을 지으며 말했다.

"키히힝~. 몸만 커졌지 속은 똑같은 것 같네."

"으냐앗!"

이러다가 랑이가 또 화가 나서 난리를 피웠다가는 안 그래도 지금까지 있었던 일로 넝마가 된 내 정신이 가루가 될 것 같아서 난 서둘러 둘을 말리며 화제를 돌렸다.

"싸우지 말고. 그보다 아야야. 넌 혹시 좋은 생각 없어?"

아야가 나를 한심하다는 듯이 나를 올려다보며 꼬리를 살짝 붉혔다. 이건 화가 났다는 말이군.

"그걸 왜 나한테 물어? 너하고 내 입장 몰라, 이 하극상아? 네가 날 책임지는 거지 내가 널 책임지는 게 아니잖아? 그리고 난 너를 괴롭히려고 온 거지 도와주러 온 게 아니란 말이야, 이 신세 한탄 놈아!"

……그랬지. 내가 내 입장을 까먹었구나. 나는 아야에게 미안하다고 말하려 했지만 그 전에 아야가 자기 꼬리를 손으로 잡아 살랑살랑 흔들며 입을 열기에 잠시 뒤로 미루기로 했다.

"그래도 내 생각 정도는 말해 줄 수 있어, 이 멍청아."

이건 즉.

"여전히 솔직하질 못하네."

"아야는 새침데기인 거예요."

[츤데레.]

"좋은 흥혜롱입니다."

"이, 이상한 소리 하지 마, 이 새대가리들아! 지금 이 상황에서는 맘대로 괴롭히지도 못하잖아! 왜 나만 괴롭힐 수 있는 바보가 다른 일 때문에 골치를 썩어야 하는데?!"

크앙! 화를 내지만 내 품에서 벗어나지 않고 있어서 그렇게 위협적이지가 않다. 아이들을 보며 이를 갈던 아야는 뭔가 다 포기한 듯한 한숨을 쉬고서는 몸을 꼼지락거려서 자세를 바꾸고는 나를 올려다보았다. 그리고 표정을 살짝 찌푸리며 말했다.

"어쨌든 지금 상황 때문에 너무 신경을 많이 써서 머리가 잘 안 돌아가는 것 같은데, 이 맷돌아. 잘 생각해 봐. 지금 이 난리가 뭐 때문에 일어난 건지. 키잉~. 내 힌트는 여기까지야."

아야는 내 가슴에 볼을 비비며 손가락으로 내 배의 한 부분을 쿡 찌르며 말을 이었다.

"이 정도도 빨리 해결 못 하면 날 책임질 수 없는 남자라고 생각해서, 간을 확 빼 먹을 테니까."

나는 살고 싶기에 아야의 충고를 기본으로 삼고 방 안에 혼자 틀어박혀서 생각에 잠겨 보았다. 그리고 3분 만에 맷돌은 열심히 굴려 봤자 맷돌이라는 사실을 깨닫게 되었다.

"내 주위에는 왜 이렇게 수수께끼 같은 이야기를 하는 애들이 많냐."

나도 모르게 신세 한탄이 나와 버리네.

"그거야 네가 워낙 멍청해서 그런 거지, 키히힝~."

즉, 그에 대한 대답을 바라지 않았다는 말이다. 나는 의자에 앉은 채로 눈을 도려 방금 막 문을 열고 들어온 아야를 보았다. 뭐가 좋다고 그리 웃고 있니.

"잠깐 혼자 있고 싶다고 한 거 까먹었냐?"

"키잉? 내가 왜 네 말을 들어야 해?"

……그러게? 나와 아야의 관계는 어떻게 보면 채무 관계와 비슷하다. 내가 아야에게 빚을 갚아야 하는 느낌일까. 내가 아야의 눈치를 봐야지 아야가 내 눈치를 볼 이유는 없다. 아야가 갑이고 내가 을이니까. 그 사실을 깨닫고 최대한 비굴한

모습을 보여 주려는 순간.

"너 혼자 방 안에 틀어박혀 있으면 뭘 할지 모르잖아, 이 변태야. 이상한 곳에 힘 낭비하지 마. 쓸 데는 따로 있으니까."

아야가 키힝, 하고 콧소리를 내며 고개를 돌렸다. 꼬리와 볼이 살짝 붉어진 것을 보아 부끄러워하는 것 같다. 다시 말하면 나를 걱정해 준 거라는 말이지. 이 녀석은 때때로 속을 알기가 힘들다니까. 같이 지낸 시간이 짧아서 그럴까.

"그래? 걱정해 줘서 고마워."

"키이잉!! 내가 누굴 걱정한다는 거야, 이 족집게야! 난 단지 네가 이런 일 때문에 나한테 신경 안 써.주면 곤란하니까 그런 거야!"

"그래, 미안하다. 이렇게 난리가 났을 때 와서 제대로 인사도, 마중도, 놀아 주지도 못해서."

"크응……. 그건 어쩔 수 없는 거잖아. 난 그런 거 때문에 속 좁게…… 키이잉?!"

아야는 말을 하다 말고 꼬리를 붉게 물들이고서는 불을 솟구쳐 올리며 화를 냈다. 다 좋은데 날도 더우니 불덩이는 좀 집어넣어 줬으면 좋겠다.

"놀아 주는 건 뭐야, 이 플레이보이야! 너하고 같이 놀면 재밌긴 하지만 내가 놀아 주는 거지 네가 놀아 주는 게 아니란 말이야!"

그러니까 욕을 하는 건지 아니면 칭찬을 하는 건지 제대로 해 달라니까.

"뭐, 어쨌든."

나는 아야에게 손을 내밀며 말했다.

"잘 왔어."

"키힝!"

아야는 사나운 콧소리를 내는 것으로 답하고는 내 손을 탁 쳐서 치우고는 허벅지 위로 폴짝하고 뛰어 앉았다.

"바보. 너무 늦잖아."

미리 말해 두건대 나는 나 자신이 바보라고 생각하지 않는다.

"바보니까."

"킁!"

아야는 꼬리고 귀고 새빨갛게 물들이고서는 아무런 말이 없었다. 마음이 편안해지는 적막 속에서 잠시 머리를 식히고 있자니 아야가 작은 목소리로 내게 물어 왔다.

"바보 멍청아."

다시 말하지만 난 바보나 멍청이가 아니다.

"응."

아야는 자기 쪽에서 말을 걸어왔으면서 입을 열지 않았다. 나는 아야가 말을 하고 싶은 기분이 들 때까지 기다려 주면서 아야의 요청대로 부드럽게, 애정을 담아서 머리를 쓰다듬어 주었다. 특히 귀 밑은 살살 긁어 주면서.

그러기를 몇 분. 아야가 입을 열었다.

"……넌 바보 주제에 날 책임진다고 했잖아?"

질문을 듣는 데 시간이 오래 걸린 만큼 대답은 빨랐다.

"그렇지."

그날. 랑이가 지어야 할 책임, 그 책임을 대신 짊어지기로 했다.

"그래서 말인데."

이 녀석이 왜 이렇게 또 뜸을 들이나 생각이 들 때 아야가 말했다.

"……후회 안 해? 바보 주제에 무리하는 거 아니야? 너, 지금 나 말고 책임질 게 너무 많잖아."

아야의 목소리는 살짝 떨리고 있었다.

"나는 너 같은 바보가 아니야. 어른이 된 후에 아저씨 댁에서 계속 생각해 봤어. 나는 결국 화를 낼 대상이 필요했던 거야. 그렇지 않으면 견딜 수 없었으니까. 그 대상이 그 밥보였을 뿐이고."

나는 조용히 그저 아야를 두 팔로 안아 주며 이야기를 계속 들어주었다.

"그 책임은……. 밥보도, 너도 질 필요가 없는 거였어. 그런데 넌 그 지지 않아도 될 책임 대신 짊어지겠다고 한 거야."

그건 어쩌면 힘들어하는 랑이와 아야를 위해서 감정적으로 내뱉은 말일 수도 있다. 하지만 그 감정에 거짓은 없다.

"그래도……. 후회 안 해?"

"안 해."

"평생 귀찮게 할 건데? 평생 괴롭힐 건데? 평생……. 나하고 같이 있게 될 텐데?"

아야의 목소리에 담긴 불안감에 나는 나도 모르게 아야를 끌어안은 두 팔에 힘을 주고 새끼 여우의 축 가라앉은 귀에다 입을 대고 속삭이듯 말했다.

"나는 단순히 그 상황을 어떻게 해 보려고 약속한 게 아니야. 네가 그 사실을 깨닫지 못했어도 그 책임은 내가 지고 가려 했어. 그게 어른이니까. 그게 아이들을 책임지고 인도해 줘야 하는 어른이니까."

내가 말했지만 내가 다 부끄러워지는 말이다. 나는 쑥스러움을 없애기 위해 말을 덧붙였다.

"뭐, 나도 아직 어리긴 하지만 그래도 너희들보다는 어른이잖아?"

"……이 멍청이."

아야가 손을 목에 가져다 댄다. 그 손에 닿은 건 목걸이. 아야가 목걸이를 벗겨 내자 허벅지로 느껴지는 무게가 달라졌다.

"난 더 이상 아이가 아니라고 했잖아. 이 둔감아."

어, 그래, 그랬지, 응, 그렇다. 아야는 지금 힘을 제대로 조절 못 해서 아이의 모습으로 있는 거라고 말했었지.

그러니까 목걸이를 벗은 지금, 아야는 어른의 모습으로 변했다는 말이다. 그 육감적인 몸매가 정말 매력적이신 여우 누님으로 말이야.

"우아아앗?!"

나는 팔을 풀고 잽싸게 아야를 밀어냈지만 이 녀석은 꼼짝도 하지 않았다.

"뭘 그렇게 놀라? 이 숫기 없는 초식남. 이 정도 가지고 일일이 놀라지 마."

이 정도? 이런 일이 이 정도면 이 정도가 아닌 일은 어느 정도냐? 사도냐? 아야의 머릿속에서 놀랄 만한 일은 어떤 거야? 알몸으로 이불 속에 숨어 들어오는 정도인 건가? 어쩐지 그때는 내가 놀라도 아무 말 안 하더라. 그러니까 엉덩이가 내 허벅지를 짓누르며 따듯한 체온과 함께 부드러운 촉감이 느껴지는 일 정도는 아무것도 아닐 리가 있나!!

"노, 놀랄 일이거든?! 빨리 안 내려가?!"

"키히힝~."

아야는 코웃음을 치고서는……. 엉덩이를 왼쪽 오른쪽 흔들흔들 움직였다.

"그런 말 하니까 더 장난치고 싶어지잖아~."

"너 어렸을 때 모습하고 성격이 너무 다르잖아!"

"전에 말한 거 잊었어?"

기억은 하고 있지만!

"이상한 장난치지 말고 빨리 나와!"

안 그러면 여러 가지 이유로 곤란해진다. 지금이야 내 꽉 조인 허벅지로 인해 불상사가 일어나지 않고 있지만 언제까지 버텨 줄지는 모른다고. 그 일을 방지하기 위해서 랑이의 이름을 부르려고 할 때. 아야가 몸을 가로 돌려서 나를 보았다. 그 아름다운 눈동자를 직시할 용기가 없던 나는 자연스레 시선을 아래로 내렸다. 거기에는 손만 들면 지금이라도 만질 수 있을 것 같은 풍만한 과실과도 같은, 내가 성인이 돼서야 접해야 하지만 어쩔 수 없이 찾아보게 되는 매체를 고르게 될 때 가장 먼저 신경 쓰게 되는 신체의 일부분이…….

"이제 좀 괜찮아?"

정신이 퍼뜩 들었다.

"응?"

든 김에 고개도 들었다.

"너, 둔감한 주제에 주위에 신경을 너무 많이 써서 피곤해 보였어. 그러다가 머리가 터지기라도 하면 난 어쩌라는 거야, 이 성실이야."

"그렇게 안 좋아 보였어?"

"내 일에 대한 건 신경 쓰지 말라고 할 정도로. 너, 지금 당장이라도 무너질 것 같은 얼굴이었어."

……아. 그래서 갑자기 그런 말을 한 건가.

"궁지에 몰린 쥐새끼 같았다고, 바보 주제에."

"미안."

"뭐가 미안한데?"

나는 왜 갑자기 화가 난 애인에게 사과하는 남자의 기분을 느끼게 된 걸까.

"어, 그러니까 괜한 신경을 쓰게 만들어서…… 아얏!"

아야가 손가락으로 코를 튕겼다.

"이 바보, 멍청이, 천치. 아무것도 모르면서 사과만 하면 되는 줄 알아? 내가 무슨 마음으로 그런 말을 했는지 알기나 해?"

우리 헤어져, 라고 말하는 게 답이었을까.

"쿵! 어차피 내가 말해 주지 않은 이상 너 같은 둔감이는 모를 테니까 신경 꺼."

"궁금한데."

아야는 얼굴을 붉히며 화를 냈다.

"신경 꺼! 네가 책임을 지지 않으면 이제 네가 나하고 같이 있을 이유가 없어진다는 건 알아서 좋을 거 하나도 없으니까!"

……자기 입으로 다 말해 주면서 화를 내는 것까지는 좋은데 제발 손으로 배의 오른쪽 윗부분을 만지지 말아 줬으면 좋겠다. 거기에 뭐가 있는지 잘 알거든.

"쿵! 그리고 괜히 심각하게 있지 마. 날 도와준 사람은 무모하면서 말도 안 되는 헛소리를 당당하게 지껄이던…… 바보 같지만 너무나 상냥하고 따듯한…… 멍청이였으니까."

아야는 내 대답을 듣지 않겠다는 듯 내 머리를 자신의 가슴에 푹 파묻었다. 얼굴에 느껴지는 아야의 부드러운 감촉과 열띤 체온에, 평소 같았다면 야한 기분이 들 법도 했지만 지금은 이상하게 마음이 차분해질 뿐이었다. 마치 어머니 품속에 안겨 있는 기분이 든다. 보호받는 느낌이 든다. 입장이 바뀌었다는 걸 알지만 아침부터 정신적인 피로에 시달린 나는 이 품속에서 벗어나고 싶지 않았다.

"……잠깐만 이렇게 있어도 될까?"

"핥지만 않으면."

나는 아야의 허리에 팔을 두르고 그 가슴에 얼굴을 묻은 채 잠시 휴식을 가졌다.

아야가 나를 위로해 준 결과로 마음은 어느 정도 안정을 되찾았다. 이 보답은 해답이 나오게 되면 고맙다는 말을 해 주는 것으로 갚자. 평소보다 조금 약하다고? 지금 내 여유가 그 정도라는 말이다. 평소의 나라면 좀 더 다른 사람들이 보기에 저 자식 경찰이 안 잡아가나? 라고 생각할 만한 일을 하려고 했을 텐데 말이다. 예를 들어 엉덩이를 주물럭주물럭한다거나 귀를 혀로 핥아 준다거나 꼬리를 쓱쓱 위아래로 음란하게 쓰다듬어 준다거나 목을 핥는다거나…….

농담이다. 지금은 일부러 평소보다 좀 과하게 말해 봤다.

아야 덕을 보긴 했어도 눈만 돌리면 보이는 시위대와 지금도 계속해서 들려오는 노랫소리는 내 신경을 계속해서 갉아먹고 있으니까. 세희라면 이렇게 말하겠지.

"도트 데미지를 입고 계신다, 이겁니까."

대신 말해 주니 고맙다. 나는 턱을 괸 뒤 그림자에서 툭 튀어 나온 세희에게 퉁명스럽게 말했다.

"힐이라도 해 주게?"

"그럴 때는 화끈하게 막타를 치는 게 제 스타일입니다."

"치지 마."

지금 네 독설을 들으면 이번에는 나래의 가슴 사이에 얼굴을 묻고 마음의 안정을 찾아야 한다고.

"바라시고 계시는 것 같습니다만."

"내심. 아주 조금."

내가 진심으로 망가져서 울며불며 달라붙으면 나래는 아무 말 없이 나를 그 천국과 같은 품으로 안아 줄 거다. 하지만 그래 봤자 나래의 가슴 감촉도 제대로 느끼질 못할 만큼 폐인일 상태일 테니까 별로 하고 싶지는 않다.

"그렇다고 하지는 마라."

"다음 기회에 하겠습니다."

이야기의 흐림이 끊기는 동시에 내가 말했다.

"그래서, 왜?"

"이제 평상시의 40% 정도 회복을 하신 도련님의 정신 상태, 흔히 말하는 멘탈을 완벽하게 회복시키러 왔습니다."

가장 도움이 안 되는 녀석이 왔군.

"……시선이 너무나 정직하고 노골적이라 저도 그에 지지 않고 솔직하게 화를 내도 될 것 같군요."

"……미안."

나는 세희의 가슴에서 얼굴로 시선을 옮겼다.

"그러면 어떻게 도와주겠다는 거야?"

세희가 한심하다는 듯이 나를 보았다.

"도련님, 지금 상황에서 그러면이라고 말씀하시면 스스로 다른 사람을 도와주는 것의 기본 전제가 육체의 향락이라고 생각하는 색한이 됩니다."

응? 이상하네. 평소라면 그냥 나보고 색한이라거나 인간쓰레기, 인간 말종이라고 할 텐데.

"너 왜 그러냐?"

세희는 눈매가 좁혀졌다.

"이래서 도련님을 잘 대해 주는 것은 의미가 없는 일이지요."

아……. 그러니까 내심 나를 신경 써 준 거구나. 문뜩 머쓱해진다.

"그러면 평소대로 하겠습니다. 이 개자식아, 지금 당장 엎드려 내 발가락이나 핥으시지."

"아니, 잠깐. 그건 평소보다 심하다고 보는데."

나는 자연스럽게 딴죽을 건 뒤 어딘가 흡족해하는 세희에게 물어보았다.

"그건 그렇고. 네 말대로 내가 지금 평소보다 많이 지쳐 있다고 치면……."

"지쳐 있습니다."

이기려고 들지 말고 이 흐름을 타는 거다.

"그래, 지쳐 있는 건 사실이다. 그런데 지금 그렇게 여유 부릴 틈이 없다는 것도 사실이잖아? 그런 이유로 그리 시간을 끌지 않고 머리를 좀 식힐 수 있는 방법이 없을까?"

"스스로 생각하라고 몇 번이나 말씀드리지 않았습니까."

이 자식은 내게 시비를 걸러 온 것이 틀림없다.

"도와주러 왔다며?"

"과거의 제가 말실수를 했군요. 이 책임은 나중에 물겠습니다."

"지금 물어라. 예를 들어, 좋은 방법을 말해 주는 거로."

세희가 한숨을 쉬며 머리를 짚었다.

"어렸을 때의 도련님은 순진하셨는데 왜 이렇게 자라셨는지 모르겠습니다."

"네 덕이지."

이미 그 일을 다 털어 버린 내 목소리에는 조금의 앙금도 남아 있지 않았고 그렇기에 세희는 미소 지으며 말했다.

"책임을 질 수밖에 없겠군요."

나는 고개를 끄덕이며 세희의 이야기를 들었다.

"예부터 몸이 고생이면 마음이 편하다 했습니다."

이 흐름은 안 좋아.

"이거로 조금만 맞으시면 마음이 편안해지실 겁니다."

나는 세희가 꺼낸 몽둥이를 보고서 고개를 문 쪽으로 돌리며 말했다.

"랑이 부른다."

"이런 농담이 통하지 않는 것을 보아……."

"농담 아니잖아."

"칫."

남의 앞에서 혀 차지 마라. 세희는 아쉬워하며 몽둥이를 집어넣고서 내게 말했다.

"그렇다면 두 번째 방법입니다."

"이번에도 이상한 소리 하면 화낸다."

"말 끊지 마시죠."

화를 내겠다고 말을 한 건 난데 정작 화를 낸 건 세희였다. 나는 입을 다물고 고개를 끄덕이는 것으로 세희의 전투 의지를 깎아 먹고 나서야 말을 들을 수 있었다.

"간단히 산책을 다녀오시는 겁니다."

하고 싶은 말은 많았지만 지금 또 말을 끊었다가는 한 소리 들을 테니까 입 다물고 있자.

"지금은 물어보실 타이밍입니다."

그래서 속에서 뭔가가 확 올라왔다.

"엿장수 마음대로냐?"

"그렇게 여심을 모르시니까 한 달 전만 해도 나래 님의 마음을 몰랐던 겁니다."

마음 아픈 이야기에 나는 말을 돌렸다.

"그보다 이런 상황에서 산책을 나가는 게 말이 돼?"

"도련님께서는 지금 시각과 청각을 통해 현 상황이 안 좋다는 것을 강제로 인식…… 하아."

세희는 잘 이야기하다가 크게 한숨을 내쉬고서 입을 다물었다. 지금이 그 타이밍이겠지.

"왜 그래?"

"귀찮아졌습니다."

"네가 귀찮아지면 어쩌라고?!"

"실력 행사를 하면 됩니다."

세희는 무시무시한 말을 하며 내 손을 잡았다. 그리고 주위 풍경이 변했다.

……여긴 어디냐? 몇 초 전까지 서울 한복판이었다는 게 거짓말같이, 주위에는 하늘에 닿을 것같이 커다란 나무들이 우거지게 서 있었다. 길이 살짝 비탈져 있는 게 어딘가의 산속인 것 같다. 그런데 세희의 말대로 이렇게 장소를 옮긴 것만으로 기분이 상쾌해지는걸? 시끄러운 소리도 없고 주위에는 잘 보존된 자연만이 있다. 머리 위에 저물어진 나무의 그늘과 어디선가 불어오는 시원한 바람 때문에 지금이 한여름이라는 것을 잠시 잊을 정도다.

"잠시 삼림욕 겸 산책이라도 하시죠."

세희는 멍하니 풍경에 빠져 있는 내 손을 잡아끌었다. 나는 어리둥절해하면서도 본능적으로 다리를 내딛었다. 한번 걷기 시작하자 몸이 자연스럽게 움직인다. 그와 동시에 생각도 움직였다.

"괜찮은 거냐?"

"다른 분들께는 이미 말씀드렸습니다."

준비성도 철저해라. 그러면 이왕 이렇게 된 일이고 세희의 도움이 없이는 집에 돌아갈 수도 없으니 느긋하게 산책이나 즐기기로 할까. 그러기 위해서 나는 먼저 세희가 잡은 손을 슬쩍 뺐다. 뭔가 한 마디 할 줄 알았던 세희는 아무 말도 하지 않고 뒤도 돌아보지 않은 채 나를 안내하듯 앞에 서서 걸어갔다. 정말로 나를 신경 써 주려고 하는 것 같다. 그렇다면 그

호의를 받아들이자. 나는 머리를 텅 비우고 산책을 즐기기로 했다.

멍…….

……될 리가 없지. 자기 수행의 스페셜 리스트인 분들도 마음을 비우는 데 힘들어하시는데 지금의 내가 세속의 모든 일을 잊는 것 같은 고난도 기술을 쓸 수 있겠냐. 지금도 계속 집의 일이 신경 쓰인다. 이래서야 머리를 식히러 온 이유가 없으니 다시 한번 도움을 받자.

"세희야."

"예, 도련님."

"자꾸 잡생각이 나서 말인데 좋은 방법 없냐?"

"산책 나온 지 5분도 안 됐는데 성격도 급하시군요."

"없다고는 말 안 하네."

"당연한 것 아니겠습니까."

나는 세희가 소매에서 뭔가를 꺼내려는 것을 보고 급히 말을 덧붙였다.

"맞는 건 사절이다."

"바라는 것도 많으십니다."

맞고 싶지 않다는 게 그렇게 큰 바람인가.

"그러면 어떤 방법을 원하십니까."

"음……."

뭐가 좋을까. 순식간에 머리를 텅 비울 수 있는 방법이라…….

아, 좋은 수가 떠올랐다.

"내가 깜짝 놀랄 만한 이야기는 어때? 그래, 거짓말이라도 좋으니까."

"충격 요법입니까."

왜, 그렇잖아. 여러 가지 생각으로 복잡한 상황에서 갑자기 충격적인 이야기를 들으면 머리가 하얘지는 거. 지금은 그런 방법이라도 쓰고 싶다.

"좋습니다. 도련님의 모든 생각을 한순간에 날려 버릴 수 있는 충격적인 말을 하겠습니다."

"그거 좋네."

나는 웃으며 대답했다. 세희가 걸음을 멈췄다. 나도 그에 따라 멈춰 섰다. 세희가 뒤로 돌아 나를 정면으로 바라보았다. 도대체 무슨 이야기를 하려고 저렇게 무게를 잡는지 모르겠네. 나는 기다렸고 세희는 말했다.

"사랑해요, 성훈 씨."

……에? 잠깐. 응? 뭐야? 내 귀가 잘못됐나?

"놀라셨을 거예요. 제가 당신을 사랑한다는 건 짐작도 못했을 테니까. 랑이의 행복을 위해서, 저까지 성훈 씨를 사랑해서는 안 되는 것을 알기에 지금까지 마음을 숨기고 있었어요. 혹시나 당신이 제 마음을 알지 못하도록 일부러 모질게 대했지만……. 이제는 한계에요. 당신을 사랑하는 제 마음을……. 이런 상황을 이용해서라도 당신에게 밝히고 싶을 정도로, 제 마음을 더 억누를 수 없을 정도로 당신을 사랑하게 되었어요."

??

"처음에는 당신이 싫었어요. 하지만 랑이를 위해서 자기 몸을 돌보지 않는 용기, 제가 모질게 대해도 마음에 담아 두지 않는 대범함, 당신의 인생을 조작한 저를 용서해 주시는 관용, 그리고 누구보다 뜨거운 그 마음. 이러면 안 된다는 것을 알면서도 전 조금씩 당신에게 반하게 되었어요."

?!

?!

"성훈 씨……. 몇 번째라도 좋아요. 절 당신의 사랑으로 품어 주세요. 당신의 따스한 몸으로 녹여주세요."

·

·

·

·

·

.
.
.
.
.
.
.
.
.
.
.
.
.
.
.
.

나는 내 방에 있었다.

"어?"

내가 언제 돌아왔지? 뭔가 이상한데? 무슨 일이 있었더라? 좋아. 일단 차근차근 기억을 되살려 보자. 나는 분명히 세희에게 내가 깜짝 놀랄 만한 이야기를 해 달라고 그랬지? 그리고 세희는 내가 생각하는 것을 그만두게 만들 정도의 이야기를 해 줬다. 그런데 그 이야기가 뭐였더라. 분명 사로 시작하는 단어…….

기억났다.

“으아아아악?!”

세희의 충격적인 고백을 듣고 속된 말로 퓨즈가 나가 버렸다는 것까지 기억해 버렸다! 사고가 멀고 먼 극락세계로 가 버리고 말았어! 그, 그도 그런 게! 말투도 다르고! 이상하게 부끄러워하는 모습에! 그, 일단, 뭐라고 할까, 달라도 너무 달랐다고! 평소의 귀신같은 세희가 아니라 평범한 여자애 같은 모습이었다고!!

“시끄럽습니다, 도련님.”

“히이이익!!”

세희가 평범하게 나타난 것에 이렇게 깜짝 놀란 건 정말 오랜만이다. 놀란 내 모습에 세희가 걱정 할 정도로 말이야.

“괜찮으십니까, 도련님?”

나는 상냥한 모습을 보이는 세희와 최대한 거리를 벌리고 붉어진 얼굴로 손을 휘저으며 소리치듯 말했다.

"저기, 그러니까, 미안! 세희야, 네 마음은 고맙지만 난 이미……"

"그 태도를 보아 현실을 인식하지 못하고 계시는군요."

"너무 잘 인식해서 지금 이렇거든?!"

"하아……."

응? 나는 뭔가 분위기가 이상하다는 것을 깨닫고 마음을 추스르고서 세희를 보았다. 마치 여름날 밤에 술주정뱅이가 자신이 먹은 안주를 다시 한번 확인하는 것을 바라보는 듯한 표정이다.

"도련님."

목소리도 싸늘하기 그지없다.

"응."

"어떻게 해서 그런 생각을 하게 되셨는지에 대해서는 잘 알고 있으니까 그에 대한 이야기는 넘어가겠습니다. 그러니 제가 그런 이야기를 하기 전에 도련님께서 하신 말씀을 생각해보시죠."

내가 한 말? 난 분명 세희에게 거짓말이라도 좋으니 충격적인……! 아! 그렇구나. 세희는 나를 놀라게 하기 위해서 거짓말을 한 거였어!

……라고 넘어갈 수 있겠냐?!

"아니, 잠깐! 그래도 말이 안 되잖아! 어딜 봐도 진심으로 보였다고!"

애초에 이 녀석의 거짓말 정도에 내가 그렇게 넋이 나갈 리가 없다! 그런 말과 행동, 표정, 눈빛 하나하나가 다 거짓이라고? 그걸 믿으라는 거냐?! 그런 마음의 소리에 세희는 내게 고백했던 때와 같이 자신의 진심을 이야기하듯 얼굴을 붉히고선 사랑에 가득 찬 목소리로 말했다.

"성훈 씨, 전 사람 말 못 알아먹는 당신이 정말 짜증 나고 더럽고 냄새나는 쓰레기 같은 인간이라고 생각해요. 주인님만 아니라면 지금 확 죽여 버리고 싶을 정도로요."

백문이 불여일청(百聞不如一聽)이구나.

"5천 년 정도 살면 이 정도의 연기 실력은 가져야 하지 않겠습니까?"

세희, 무서운 귀신.

"그게 거짓말이라는 건 알겠는데 말투는 왜 바꾼 거야?"

"주인님께서 감정이 격해지시면 원래의 말투로 돌아가는 것을 도련님께서 알고 계시기 때문입니다."

그러니까 현실성을 부여하기 위해서라는 거지. 우와, 진짜 무섭네. 이 녀석이 마음만 먹으면 언제 어느 때든 누구든지 속일 수 있을 것 같다.

하지만 그 덕이라고 할까? 내 머리는 아주 상쾌해졌다. 세희의 그 무시무시한 고백을 들었더니 이젠 아무것도 무섭지 않아. 그래도 말이다.

"고맙긴 한데 너무 심했다. 난 네가 진짜 나한테 반한 줄 알았단 말이야."

세희는 한쪽 입꼬리를 슬쩍 올리며 나를 비웃었다.

"제가 1부에서는 공략 불가 캐릭이라는 걸 잊은 도련님의 잘못입니다."

"하지만 2부가 없다는 게 함정 아니냐?"

"제 책이 잘 팔리면 나올 수도 있습니다."

그거, 진짜 팔고 있었냐.

끝마치는 이야기

자, 그러면 세희 덕분에 머리도 새하얗게 되었겠다 이야기를 정리해 보자. 그 시작은 지금까지 일어난 일의 순서를 정리해 보는 거로 해 볼까?

한 달 전. 나는 랑이와 만났다. 시간이 지난 뒤, 랑이가 요괴들의 왕이라는 사실을 자각했다. 그리고 냥이가 그 점을 파고들어 문제가 생겼다. 더 간단히 말하면 냥이가 요괴 아이들을 설득하여 시위를 이끌었기 때문에 일어난 일이다. 그렇다면 일의 구심점이 된 냥이만 **어떻게 하면** 요괴 아이들을 억지로 해산시키는 것도 가능할 것이다. 랑이가 옛날에 지리산에서 썼던 포호를 쓰게 한다거나 세희가 겁을 준다거나 곰의 일족을 이용하거나, 그 방법은 많다. 하지만 과연 이게 옳은 방법일까? 나는 아니라고 생각한다. 흔히 말하는 언 발에 오줌 누기 같은 짓이니까.

이 일은 나와 랑이의 관계에 불만을 가지고 있는 요괴들이 있다는 것에서 시작한다. 냥이를 어떻게 한 뒤, 시위대를 해산시킨다 하더라도 그 불만이 계속된다면 제2의 냥이, 제3의 냥이가 나오지 말라는 법이 없다. 계속해서 문제가 일어날 것이다.

그렇다면 다르게 생각해 보자.

나와 랑이 사이에는 왜 이렇게 사고가 끊이지 않는 걸까.

인간과 요괴의 사이라서? 아니, 아니다. 여린과 거타지 아저씨도 인간과 요괴였지만 지금껏 별문제 없이 지내고 있다. 적어도 내가 보기에는 그렇다. 그렇다면 지금 문제의 근본적인 원인이 되지는 못할 것이다.

좀 더 파고들어 보자. 분명 내가 생각하지 못한 뭔가가 있을 거다.

아야의 말대로 남들은 생각하지 못할 나만의 방식으로.

세희의 말대로 나의 가치관에 입각해서 이 이야기를 다른 방식으로 접근을…….

아!

갑자기 떠오른 생각에 나 자신도 놀라 벌떡 일어나고 말았다. 의자가 뒤로 넘어진다. 바보 같지만 의자를 일으켜 세우면서 나는 내 생각을 다시 한번 떠올려 봤다.

세상에. 왜 지금까지 그런 생각을 못 했을까. 인제 와서 보니까 너무나 말도 안 되는 일이었는데 그걸 당연하다는 듯이 여기고 있었다. 그래. 내 입장에서는 이건 말도 안 되는 일이다. 하지만 주위에서 의심할 것 없는 사실인 것처럼 말을 해서 나도 거기에 홀려 버리고 말았다. 랑이를 만나고 가장 먼저 의심을 해야 했던 일인데 지금까지 생각도 못 하고 있었다.

한번 의문을 품자 그것은 걷잡을 수 없을 정도로 빠르게 내 머릿속을 헤집어 놓았다. 의문에 나 나름대로의 해답을 제시하고 그것에 다시 의문을 품는 꼬리잡기가 영원히 끝나지 않을 것같이 계속된다. 왜, 어째서, 그래서 그것은 옳은가. 그렇지 않다면 생각을 저 멀리 치워 버리고 다음으로 넘어간다.

그러기를 계속.

나는 나 자신을 확실하게 설득할 수 있고, 단 한 가지 이유를 제외하면 어떤 일에도 흔들리지 않을 신념으로 변했다. 이제 남은 것은 이 신념을 무기 삼아 세상의 상식 전체와 전쟁을 벌이는 일밖에 없다.

내가 해낼 수 있을까? 농담이 아니고 허세도 아니라 지금 내가 생각한 방법은 정말로 세상의 상식에 싸움을 건다고 할 수 있을 정도로 어렵고 엉뚱하며 말도 안 되는 일이다. 궁극적으로 내가 싸움을 걸 상대는 정말로 신화 속의 존재니까.

그리고 그 안에는 불행하게도 랑이 또한 포함되어 있었다.

하지만 할 수밖에 없다. 나는 이 방법이 최선이라고 생각한다.

그 사실이 내 발걸음을 무겁게 만들었지만 나는 결국 방에서 나올 수 있었다. 자기들끼리 머리를 맞대고 이야기 중이던 아이들의 눈이 내 쪽을 향한다. 나는 그 시선에 내 나름대로의 멋진 미소로 답했다. 아, 그러고 보니 아야에게는 빚이 있지? 나는 자신에게 한 약속을 지키기 위해 성큼성큼 걸어가, 일부러 새침하게 소파에 앉아서 이 사태를 관망하고 있던 아야의 허리를 번쩍 들어 올렸다.

"뭐, 뭐 하는 거야, 이 치한아?!"

아야가 당황하든 말든.

"으냐앗?! 나도! 나도! 랑이도 해 주거라!"

이미 커질 대로 커져서 내가 근력 운동이라도 하지 않는 이상 번쩍 들기 힘들어진 랑이가 보채도.

"3초 줄게."

나래가 내 삶의 카운트다운을 시작해도.

[……부러운 거.]

페이가 양 갈래 머리카락을 빙빙 돌리며 부러워해도.

"꺄우우우?! 오라버니가 머리 쓰다가 정신이 나간 거예요!"

치이가 자기 나름대로의 방식으로 걱정해도.

"고맙다, 아야야. 덕분에 일이 잘 풀렸다."

아야에게 감사의 인사를 한 다음 그 볼에 입을 맞췄다. 약속은 지키라고 하는 거니까.

"키이이이이잉?!"

기습 뽀뽀에 아야가 당황해서 얼굴을 새빨갛게 물들이는 것이 귀여웠다.

"3초 끝."

다른 의미로 얼굴을 붉힌 나래는 무서웠지만 나에게는 미리 준비한 변명이 있다! 나는 홍당무가 되어서 입만 벙긋거리고 있는 아야를 잽싸게 소파 위에 내려놓고 내게 주먹을 지르려는 나래에게 말했다.

"잠깐! 이건 어디까지나 아빠 같은 입장에서 내게 도움을 준 아야가 귀여워 뽀뽀를 한 거니까 맞을 이유는 없다고 생각합니다!"

나래는 주먹을 쥐는 것으로 답해 주었다.

"그런 사고방식 자체가 문제라는 건 생각도 못 하지?"

"……뭐가 문제인데?"

"역시나 도련님. 평범한 사람이라면 하지 못할 생각을 태연히 해 버려. 거기에 전율해. 동경한다."

세희의 딴죽에 신경 쓸 틈이 없었던 건 나래의 주먹이 내 옆구리를 연타해서 비명을 지르기 바빴기 때문이다.

[무다무다무다무다무다무다.]

몸이 이리저리 튕기는 가운데 페이가 쓴 알 수 없는 글은 도대체 무엇이었을까.

나래의 체벌이 끝난 뒤. 나는 병 주고 약 준다, 라는 속담의 뜻을 다시금 몸으로 익히고 나서 이야기를 꺼냈다.

"그래서 말인데……."

"잠시 괜찮으시겠습니까, 도련님."

꺼내자마자 세희에게 저지당했다. 중요한 이야기가 끊겼다는 사실에 인상을 찌푸려 주자 세희가 소매에서 스마트폰을 꺼내 내게 보여 주었다. 조금 전 내 손으로 지웠던 사진이 화면에 떠 있었다.

아악! 내 눈! 내 누우우운!

"내가 분명 지웠는데?!"

"백업은 처녀귀신의 기본 소양입니다."

프로그래머가 부업인 처녀귀신이 하나 생겼다. 겨우 정신적인 충격에서 벗어나 폰을 빼앗으러 손을 내밀자 세희는 슬쩍 몸을 피하고서는 말했다.

"따라오시지 않으면 요괴넷에 올려 짤방으로 쓰라고 하겠습니다."

내게는 선택의 여지가 없는 것인가.

"잠깐만, 할 이야기가 있으면 여기서 하면 되잖아?"

나래의 이견에 세희는 한쪽 입꼬리를 쓰윽 올렸다.

"저야 상관이 없습니다만……. 그래도 괜찮으시겠습니까, 도련님?"

세희의 지금까지의 행적을 생각해 보면 이럴 때는 조용히 따라가는 게 좋을 것이다. 예전에도 장난을 치기는 했지만 세희는 언제나 내게 도움을 주는 조언을 해 주곤 했으니까.

"아니, 같이 가자. 그리고."

나는 고개를 돌려 불만스럽게 이쪽을 보고 있는 나래에게 말했다.

"너도 같이 와 줘."

"흥! 안 불러도 갈 생각이었어."

그래도 은근히 기쁜 낯을 보이는 걸 보면 권하기를 잘했다는 생각이 들었다.

"……우리한테는 말할 수 없는 것이느냐?"

랑이의 침울한 목소리에 나는 세희에게 시선을 돌렸다. 세희의 시선은 페이에게 가 있었다. 세희의 시선을 한 몸에 받은 페이는 양 갈래 머리카락을 빙빙 돌리며 급하게 글을 썼다.

[우린 들으면 안 됨.]

"왜 안 되느냐?"

[그, 그러니까…….]

페이가 허둥지둥하다가 이윽고 결국 이런 상황에서 가장 자신의 의지하는 아이에게 향했다.

"아우우우……. 그, 그러니까, 그런 거예요."

평소 이런 일이 없어서 그런지 제대로 말을 하지 못하며 귀위 머리카락만 파닥이던 치이의 시선이 이번에는 아야에게 향했다.

"키잉? 날 왜 봐, 이 새대가리들아."

같은 고향 사람이라고 봐주지 않는다는 아야의 냉담한 태도에 치이가 당황했는지 내 쪽을 본다. 돌고 돌아서 결국 나한테 왔구나. 그렇다면 나는 그것을 나래에게 패스한다!

"……한심해, 너."

나래의 실망한 눈빛에 마음의 상처를 입었지만 지금 나는 랑이를 달랠 수 없으니까 감수해야 할 일이다.

"랑이야. 세희가 어떤 말을 하려고 날 부르는지는 몰라. 하지만 분명히 지금 냥이와 관련된 일일 거야. 그런데 네가 옆에 있으면 세희가 마음 편히 이야기 못 할 수도 있으니까, 응? 랑이는 착한 아이니까 기다릴 수 있지?"

설득을 조리 있게 하는 부분에서 난 절대로 나래를 못 따라갈 것 같다. 나는 나쁘게 말하면 머리가 비었고 좋게 말하면 감정적인 사람이니까. 그리고 랑이는 나와 닮은 면이 있어서 볼을 부풀리며 불만을 말했다.

"으냐아~! 나는 이제 아이가 아니니라! 내 성장했다는 것을 직접 보여 주겠느니라!"

이상한 쪽에 초점을 맞췄구나, 이 녀석. 어쨌든 랑이의 신경을 다른 쪽에 돌리는 것에는 성공했다. 다만 신경이 옮겨 간 곳이 성장이라는 게 문제지. 나는 지금 당장 자신이 성장했다는 것을 증명하려고 교복 상의의 단추를 풀려는 랑이의 두 손을 잡았다. 어린 모습이라면 나래에게 조금 맞는 것으로 끝나겠지만 지금 여기서 '기대 만발 랑이의 스트립 쇼!'를 보게 된다면 잠시 요단강 너머로 가게 될 테니까.

"말리지 말거라! 더 이상 나래가 나를 어린애 취급을 하지 못하도록 내 오늘 확실하게 보여 줄 것이니라!"

미안하지만, 랑이야. 그런 짓을 하면 너만 슬퍼질 뿐이다. 그렇다고 이런 말로 설득할 수는 없는 법이기에 나는 최대한 머리를 굴렸다.

"그러지 말고 우리가 잠깐 자리를 비운 동안 동생들을 잘 돌보는 거로 보여 줘라."

"아우우우, 우리도 애는 아닌 거예요."

[부적 씀?]

"목걸이 벗어 줄까, 이 기억 상실의 시대야?"

나를 향해 날아오는 비난의 화살을 튼튼한 얼굴 방패로 튕겨 내는 데 성공했다.

"그러면 칭찬해 줄 것이느냐?"

랑이의 귀가 쫑긋하고 솟아오르고 귀가 쏘옥 나와 흔들리는 것을 봐서 흥미가 생긴 것 같다. 그런데 치마를 입고 꼬리를 흔들면 뒤에서 팬티가 보이니까 밖에서는 하지 마라.

"응."

내 대답에 랑이는 허리를 쭈욱 펴고 어렸을 때와 그다지 달라지지 않은 가슴에 주먹을 대며 말했다.

"걱정 말고 다녀오거라! 치이하고 페이하고 아야는 내가 잘 돌보겠느니라!"

"누가 누굴 보살펴, 이 어리광쟁이야."

랑이는 아야의 이야기가 귀에 들어오지 않는 듯 초롱초롱한 눈망울로 나만 바라본다. 이건 그거겠지. 선금을 미리 달라는 거다. 나는 랑이의 바람대로 머리를 쓰다듬어 주었다.

"헤헤헤헤."

그 미소에 나는 마음이 아팠다.

나를 자신의 방으로 끌고 간 세희는 다짜고짜 이야기를 시작했다.

"무슨 결론을 내셨습니까."

"……그거 물어보려고 부른 거였냐?"

"사전 심의는 필수입니다. 도련님께서 주인님 앞에서 냥이님을 임신시켜서 요괴를 공격한다, 는 말씀을 하시기라도 하면 순진하고 순수한 주인님께서 얼마나 충격을 받으시겠습니까."

랑이라면 그것도 좋은 방법이라도 생각하며 좋아할 것 같다는 생각이 들었다 바로 사라졌다.

"그 전에 나한테 죽겠지만."

나래가 옆에서 무서운 눈으로 날 노려보았거든.

"그런 말 할 생각 없거든?"

"방금 이상한 생각 한 것 같은데?"

무섭다, 소꿉친구. 눈매를 가늘게 한 나래가 의심을 확신으로 삼기 전에 나는 재빠르게 말을 돌렸다.

"지금 시간이 별로 없으니까 일단 대답부터 할게."

"말 돌리긴."

가슴이 뜨끔했지만 나래는 넘어가 주려는지 더 이상 추궁하지 않았다. 덕분에 나는 마음 놓고 내가 낸 결론을 나래와 세희에게 말할 수 있었다.

이야기하는 데에는 그렇게 긴 시간이 걸리지 않았다. 나 혼자서 몇 번이나 정리하고 정리한 이야기였으니까. 그리고 이야기를 들은 청자들의 반응은 내 예상대로였다.

"미쳤습니까, 도련님."

세희는 진심으로 당황했는지 무표정이 완벽하게 깨졌다.

"……지금은 나도 너하고 동감이야. 너, 미쳤어?"

평소라면 그것 가지고 뭐라고 놀릴 나래 역시 내 이야기에 놀랐는지 눈을 휘둥그레 떴다. 확실하게 내가 생각한 방법이 평범하게 보면 미친 짓이긴 하다. 상식이라는 것 자체를 깨부수는 일이기도 하니까.

그러니까 내게는 이 방법밖에 없다.

"난 제정신이야."

"그런데 그런 말도 안 되는 방법을……."

세희는 이야기를 하다가 말을 흐리고서 손을 들어 입을 가렸다. 어지간히 충격이 큰 것 같다. 그 모습에 나는 묘한 성취감과 승리감을 느낄 수 있었다.

아버지, 어머니. 제가 해냈습니다. 세희를 놀라게 만들었다고요.

"아니, 오라버니와 새언니의 피를 이어받으셨으니 있을 법한 일이었군요. 그 점을 간과했다니, 저도 아직 미숙하군요."

손을 내린 세희는 다시금 평소의 무표정으로 돌아와 있었다. 아깝네. 사진을 찍어 둘 걸 그랬어.

"나도 아버님, 어머님이 조금 남다른 성격이시라는 건 알지만, 지금 그게 문제야?!"

"도련님께서 생각하신 해결책이 상식을 완벽히 깨부순다는 것이 문제라는 것은 저도 알고 있습니다."

"그러면 어떻게 좀 해 봐!"

"나래 님께서 해 보시지요."

나래는 나를 한 번 힐끗 본 다음에 화를 내며 말했다.

"저 바보가 저런 표정 지을 때는 내 말을 안 듣는단 말이야! 저 녀석 고집 알잖아!"

세희도 나래를 따라 하듯 나를 본 뒤, 위아래로 느릿느릿 훑어보고서는 고개를 끄덕였다.

"과연 저런 표정을 지으실 때는 일시적으로 귀머거리, 실례, 귀에 장애가 온 것이로군요."

"아니거든?"

"머리에 장애가 온 거야."

나래가 나에게는 상냥하지만은 않다는 사실을 머리로는 알고 있어도 이렇게 이야기를 들으니 마음이 아프다.

"나도 나름대로 고심 끝에 낸 결론인데."

"고심?"

나래가 노려보는 게 무섭다.

"만약에, 정말 만약에 네 계획대로 일이 해결될 경우에, 생겨날 여파에 대해서는 생각해 봤어?"

나래는 곰의 일족의 후보생이다. 정미 누나와 개인적인 연락을 하고 세희의 알 수 없는 강의를 듣는 것도 열심인 것으로 보아 나보다 요괴와 인간의 생리 같은 것을 잘 알고 있겠지. 그러니까 내가 그런 것에 대해 열심히 생각을 해도 대화에서 우위에 설 수는 없다. 나래도 그런데 냥이는 어떨까? 분명히 나래와 같은 이야기를 해서 내 방법을 부정할 것이다. 그래서 나는 생각을 하지 않았다. 생각 자체를 하지 않아도 되는 위치에 섰다.

"그걸 왜 내가 생각해?"

"……너?!"

그 한 마디로 나래는 내 모든 것을 꿰뚫어 보았다. 말은 하지 않았지만 나래의 표정이 일그러지며 그 가운데에 걱정이 가득 차오르는 걸 보면 알 수 있다. 눈빛만으로 대화를 할 수 있는 사이를 얕보지 말라고. 그리고 여기에는 다른 방식으로 나를 잘 아는 녀석이 또 한 명 있었다.

"그렇게 생각하신다면 저는 찬성입니다. 어차피 저에게는 주인님의 행복만 보장된다면 그 이외의 것은 어찌되어도 좋으니까요."

세희가 내 손을 들어주자 나래가 황급히 말했다.

"저 멍청이가 무슨 생각을 하는지 너도 알잖아?"

"도련님께서 결정하신 일입니다."

"그게 될 것 같아?"

"그걸 결정하는 건 나와 랑……, 실례, 주인님과 도련님이십니다."

그 이야기 꺼내지 마! 잊고 싶은 부끄러운 기억을 끄집어내지 말라고!

"또한, 나래 님도 알고 계시지 않습니까? 지금까지 도련님께서는 돌고래와 비슷한 두뇌 수준에서 원숭이 같은 기발한 방법을 통해 지금까지 닥쳐온 문제를 해결하셨습니다."

"난 그런 거 몰라."

"아, 그렇군요. 나래 님께서는 공기였던 적이 많아서 말이죠."

분명 자신을 놀린 건 세희인데 왜 나를 노려보는지 모르겠다.

"그러면 다른 식으로 생각해 보시지요. 도련님께 기회를 준다고 말입니다."

"시간이 급박해. 그 바보 같은 방법을 따르는 건 시간 낭비. 그 이상 그 이하도 아니야."

"시작도 하기 전에 실패를 걱정하고 그 이후의 일을 걱정하는 것은 패배자의 발상입니다."

"최악의 상황을 상정도 하지 않고 일부터 저지르는 건 멍청이의 발상이지."

한 마디도 지지 않는 나래를 보며 세희는 자신은 이미 할 일은 다 했다는 듯 보란 듯이 어깨를 으쓱하고서는 슬쩍 한 걸음 뒤로 빠졌다. 덕분에 나래와 일대일 상황이 되자 지금까지 몸이 습득한 경험으로 인해 지금이라도 당장 무릎을 꿇고서 "나래 님, 통촉하여 주시옵소서."라고 말하고 싶었다.

"……장난할 기분 아니야."

실제로 하기도 했고. 나는 나래의 냉담한 반응에 머쓱해하며 일어났다. 분위기 전환도 못 했네.

"나래야."

"왜."

사람을 설득하는 가장 좋은 방법은 무엇일까. 사람과 상황에 따라 다르겠지만 나래를 설득하는 가장 좋은 방법은 진심을 다하는 거다. 나래는 겉으로는 사나워 보여도 누구보다 상냥하고 여린 마음을 가지고 있으니까.

……폭력적인 행동과 날카로운 언사는 그런 것을 숨기기 위한 나래 나름대로의 방위책이라고 생각한다. 요즘 세상이 좀 무서워?

"날 믿어 주면 안 될까?"

"네 어딜 보고?"

생각을 고쳐야 할 것 같은 싸늘한 대답이었지만 난 용기를 냈다.

"지금까지 같이 지내면서……."

"더 못 믿겠는데."

딱 잘라서 말하니 마음이 아프다.

"지금 설득하시려는 것 맞습니까?"

나는 세희의 한심스러워하는 목소리는 쿨하게 무시하고서 나래에게 말했다.

"난 정말 잘할 자신이 있어. 설득 할 준비도 되어 있고."

"나 하나도 제대로 설득 못 하고 있는 네가?"

논리적인 말씀에 드릴 말씀이 없습니다. 하지만 여기서 지면 안 된다. 나래를 설득하는 거야 말로 내 계획의 첫 시작이니까. 나래의 지지를 받는 것. 내게는 그것이 정말 필요하다.

"애초에."

나래가 화가 난 목소리로 말했다.

“너, 랑이는 설득할 자신 있어? 지금의 걔가 그런 말을 들으면 옳다구나 하고 따를 것 같아?”

그건 나도 아는 이야기다. 그리고 이미 각오한 일이기도 하다.

“랑이는 설득할 생각이 없어.”

“……뭐?”

나래는 입을 다물지 못했다.

“랑이야말로 그 고정관념에 가장 얽매인 아이니까.”

“너…….”

“그래. 난 랑이하고도 싸울 각오가 되어 있어. 이 말도 안 될 만큼 부조리한 현실을 부정해 버리기 위해서라면 어쩔 수 없어.”

“중 2병이어도 주인공이기만 하면 상관없죠.”

세희의 말에 살짝 부끄러웠지만 딴죽 거는 것을 참을 수 있었다. 나래가 내 얼굴을 빤히 노려보고 있었기 때문이다.

“제발 날 믿어 줘, 나래야. 난 각오가 돼 있어.”

나래의 표정은 내가 읽기 어려울 정도로 복잡했다. 그리고 그 마지막에 담긴 뜻은 체념이었다.

“후우……. 알겠어. 네 마음대로 해.”

“나래야.”

나는 기쁨을 숨기지 못하고 나래의 손이라도 잡으며 내 마음을 표현하려고 했지만 순식간에 제지당했다.

“하지만 기억해 둬. 네 행동은 분명히 랑이를 울릴 거라는 거. 네 진심은 랑이에게……."

나래는 잠시 말을 멈추고 속이 답답해서 한탄이 나온 것 같은 긴 한숨을 쉬었다.

"하아……. 됐어. 그 때는 내가 알아서 할 테니까. 그러려고 날 설득한 거잖아."

나는 솔직하게 말했다.

"응? 아닌데? 난 그냥 네가 내 편이 되어 주면 심적으로 도움이 될 거라고 생각한 것뿐이야."

그리고 나래는 지금 나를 때려잡을 생각밖에 없는 것 같다.

"그래? 그러면 일단 맞아."

나래에게 한 차례 얻어맞은 후. 나는 바로 냥이를 집 안으로 불렀다. 나는 시간이 없으니까.

"벌써 세 번째이니라."

짜증이 짙게 배인 냥이의 말에 나는 세희 같은 미소로 답해 주었다.

"참을성 없는 건 언니나 동생이나 똑같네."

"네가 할 말이 아니니라."

"그래도 이번이 마지막일 거다."

냥이의 귀가 쫑긋 솟아올랐다.

"오호라. 내 제안을 받아들일 생각이느냐."

나는 냥이의 김칫국 사발을 깨 버렸다.

"아니."

신경에 거슬렸는지 냥이의 꼬리가 빳빳하게 일어섰다. 이르다. 아직 이르다, 이 녀석아. 나는 아직 시작도 안 했어.

"너하고 협상을 하는 일은 더 이상 없다는 거다."

내가 이런 말을 할 줄은 몰랐는지 냥이의 눈이 동그래졌다. 하지만 곧 냥이는 평정심을 되찾고서 꼬리에서 곰방대를 받아 들어 입에 물었다. 불도 붙이지 않았는데 내뿜는 연기가 희였다.

"그렇구나. 너는 너 자신을 위해 수많은 생명을 희생시킬 생각이로구나."

"그랬다가는 아무리 랑이라고 해도 삐쳐서 날 안 보려고 들 텐데 내가 미쳤냐."

"……도대체 네놈은 무슨 말을 하고 싶은 것이느냐."

나는 말을 돌렸다.

"그 전에 말이다."

나는 잠시 뜸을 들이고서 말을 이었다.

"내가 계속 생각을 해 봤거든?"

"무엇을 말이느냐. 키친타월을 수건으로 쓰는 듯한 네놈의 어리석음에 대한 것 말이느냐?"

"그것도 있긴 해."

지금까지 내게 일어난 문제에 대한 근본적인 해결책을 찾아 볼 생각도 못 한 내 어리석음에 대해서 말이다.

"물론 주된 건 그게 아니지만."

"난 네 녀석의 헛소리를 듣는 데 시간을 낭비하고 싶지 않으니라."

냥이가 자리에서 일어나려고 하기에 나는 딱 잘라 말했다.

"들어라. 장담하건대 네가 흥미를 가질 이야기다."

내가 너무 자신감이 넘쳐서 그런지 냥이는 담배 연기를 허공에 내뿜고서는 눈을 빛냈다.

"호오, 그것 참 궁금하구나. 어찌하여 밑반찬에 불과한 네 녀석이 그리 당당할 수 있는지."

"다 듣고 놀라 자빠지지나 마라."

나는 잠시 숨을 고르고서 이야기를 시작했다. 내가 좋아하는 소설의 주인공이 쓰는 입버릇을 빌려 써서 말이야.

"내가 곰곰이 생각을 해 보니까 모든 게 그릇된 일이었다."

깨닫고 보니 모든 게 그릇되어 있었다.

"나와 랑이가 지난 한 달간 겪었던 일들은 말도 안 되는 일이었어."

"그것은 흰둥이가 요괴이고 네놈이 인간이기……."

"아니야."

말이 잘린 냥이는 기분이 언짢아 보였지만 나는 여의치 않고 말했다.

"아무리 요괴와 인간 사이라고 해도 보통은 이 짧은 기간 동안 이런 무자비한 일을 겪지는 않을 거다."

되돌아보면 정말로 격동의 시간이었다. 하루하루가 음모와 계략으로 가득 차 있었다. 나는 랑이와 만난 뒤 말 그대로 사건 사고가 끊임이 없는 시간을 보냈다. 하지만 지금까지 있었던 요괴와 인간의 커플들은 이 정도까지 밀도 높은 난리가 나지는 않았다고, 나는 세희에게 들었다.

"그건 랑이가 요괴의 왕이기 때문이었다. 그게 내가 지금까지 겪은 소동의 원인이었어."

'랑이가 요괴이기 때문에'와 '랑이가 요괴의 왕이기 때문에'는 다른 이야기다. 나는 지금까지 일어나는 문제가 랑이가 요괴이기 때문이라고 생각해 왔었다.

아니었다.

"그렇다면 내가 신선이 된다 해도, 인간으로 남는다 해도, 요괴가 된다 해도 랑이가 요괴의 왕인 이상 문제는 계속해서 일어나겠지."

"그래서 무슨 소리를 하고 싶은 것이느냐."

나는 또다시 말을 돌렸다.

"그런데 이상하지 않냐?"

난 이상하던데.

"어째서 랑이가 요괴의 왕이 되었는지."

냥이가 입을 다문 채 열 생각을 하지 않았다.

"그러면 이 기회에 한번 옛날이야기를 해보자. 모든 이야기의 시발점인 단군 신화로 말이야."

결국 처음도 마지막도 이건가. 나는 헛웃음이 나올 것 같았다.

"인간을 다스리기 위해 환웅은 하늘에서 내려와 선정을 베풀다, 자신의 짝을 찾기 위해 나섰다. 그런데 그 짝은 인간이 아닌 요괴들 중에서 나왔어."

왜 그랬을까.

인간을 널리 이롭게 하기 위해 온 환웅은 어째서 인간이 아닌 곰과 호랑이 요괴를 택하여 인간이 되는 요술을 가르쳐 준 뒤, 자신의 처로 맞이했을까.

'인간'을 위해서라면 당연히 '인간'을 배우자로 선택하는 게 맞지 않을까.

물론, 나는 그 이유를 모른다. 하지만 그 결과는 안다. 랑이와 대적할 수 있는 유일한 요괴였던 웅녀는 환웅과 맺어지게 된다. 그리고 랑이는 요괴의 왕이 되었다.

이 일을 다른 관점에서 봐 볼까?

그 시험은 단순히 자신과 결혼할 상대를 찾는 게 아니었다. 대요괴였던 웅녀가 인간의 편에 붙음으로써 자연스레 요괴의 세력을 약화시키기 위한 계획이었던 것이다.

그 결과로 랑이는 요괴의 왕이 되어, 환웅과 웅녀에게 봉인당했고, 그 후 요괴들은 퇴치당해 쇠약해졌으며 결국 환웅의 뜻대로 인간들의 세상이 열렸다.

"그 자체가 인간들의 세상을 열기 위한 잘 짜인 계획이었다고 난 생각한다."

"……호오."

냥이가 눈에 이채를 띠었다.

"잘도 거기까지 달하였구나."

이 사실은 당연히 냥이도 알고 있을 것이다.

"그리고 너희 요괴들은 자신들의 생존을 위해서 가장 강한 요괴인 랑이를 자신들의 왕으로 삼았겠지. 요괴들은 힘을 중시하니까."

그렇지 않은 요괴들도 있지만 그런 요괴들이 존재한다는 것도 확실한 사실이다.

"그렇느니라. 그런데 그것이 지금 무슨 상관이느냐."

그렇다. 아무런 상관이 없는 이야기다. 이미 지나간 과거의 일이다. 인제 와서 어찌할 수 없는 일이다.

라고 너희들에게는 결론이 나 있겠지.

하지만 어쩌지? 나는 아닌데.

"무슨 상관이냐고?"

무슨 상관이긴.

"명분을 얻을 수 있다는 말이다."

명분. 힘이 없다면 쓸모가 없지만 힘이 있을 경우에는 호랑이에게 날개를 달아 주는 격이 되는 명분을.

"따질 수 있는 명분을 말이다."

냥이의 얼굴이 일그러졌다.

"설마……."

내가 무슨 생각을 하고 있는지 대충 눈치를 챈 것 같다.

"그 설마다."

"네놈은 미쳤구나."

한두 번 듣는 소리가 아니다.

"미쳤다. 네놈은 미쳤느니라. 광인이니라. 너 같은 것은 세상의 섭리를 어지럽히는 자이니라!"

"미친놈들 세상에서는 정상인이 미친놈 취급받지."

"네놈이 지금 무슨 말을 하고 있는지 알고나 있느냐?!"

"알고 있다. 내 결정이 어떠한 혼란을 가져올지는 이미 알고 있다. 그래도 난 할 거야. 그러니까 잘 들어라."

즉, 나는 이렇게 말하고 싶은 거다.

"랑이는 정상적인 방법으로, 무엇보다 자신이 원해서 왕이 된 것이 아니다. **그러므로 랑이는 요괴의 왕이 아니며 너희들은 랑이에게 왕의 의무를 원할 권리가 없다.** 랑이는 시대의 흐름에 억지로 왕의 자리에 오른 불쌍한 어린 요괴일 뿐이다. 왕의 자리는 랑이에게 어울리지 않아. 너희가 억지로 왕의 자리에 앉히고서 그 책임까지 물려고 하는 그 뻔뻔스러운 행동에 나는 더 이상 참을 수 없다. 그러니까 랑이의 남편과 보호자의 입장으로서……."

나는 숨을 골랐다. 지금부터는 이럴 틈도 없을 테니까.

"또한, 랑이의 소유자이며 소유물로서 말한다. 이 시간부로 너희들이 의지하던 요괴의 왕은 존재하지 않는다. 힘이 조금 강할 뿐인 귀여운 어린 요괴만 있을 뿐이지. 그러니까 시위대를 끌고 사라져라."

냥이가 소리쳤다.

"이 황당한 놈 같으니!!"

"뭐가? 내가 보기에는 너희들이 더 어이없다. 힘이 강하다는 이유만으로 랑이를 왕, 다시 말하면 총알받이 신세로 만들어 놓은 주제에 뭘 그렇게 바라는 게 많아? 그리고, 너. 넌 랑이의 언니이면서 지금까지 뭘 한 거냐?"

"인간인 네놈이 무엇을 안다고 지껄이느냐! 흰둥이가 요괴의 왕이 되지 않았다면 무슨 일이 벌어졌을지 네가……."

화를 참는 것도 여기까지다. 말했잖아. 난 감정적인 인간이라고.

"그래서 저런 어린애한테 모든 걸 떠맡긴 거냐?!"

나는 냥이의 멱살을 잡아끌었다. 옆에 보이는 가희의 창 같은 건 보이지 않는다.

"왜, 그렇게 5천 년 동안 살아온 게 그렇게 자랑스럽냐? 랑이가 봉인에서 풀려나면 다시 요괴의 세상이 올 거라고 제멋대로 기대하고 책임을 전가하니까 좋아? 편해? 정말로 너희 요괴들이 그렇게 생각하고 있었다면 차라리 죽는 게 나아! 그런 쓰레기들은!!"

"뚫린 입이라고 잘도 지껄이는구나! 내 앞에서 그런 이야기를 하다니, 네놈의 간이 배 밖으로 나왔구나! 그 방법은 흰둥이를 구할 수 있는 유일한 방법이었느니라! 흰둥이를 왕으로 삼음으로써 요괴들의 힘을 모아, 환웅과 웅녀가 흰둥이를 봉인한다 해도 함부로 손을 댈 수 없도록 하기 위함이었느니라! 네가, 네까짓 게 무엇을 안다고 지껄이느냐?!"

예상하지 못한 이야기였지만 흥분한 나 역시 지지 않고 답했다.

"잘났다, 자식아."

"이, 이런 때에 칭찬해도 아무것도 안 떨어지니라!"

이런 식으로 놀리는 건 그만하자. 이 자식이 못 알아듣는다.

"그래서 그 결과가 이거냐. 아무것도 모르는 요괴들을 선동해서 랑이를 괴롭히는 게 네가 원했던 거냐고?!"

"그럴 리가 있겠느냐!"

냥이가 내 멱살을 잡았다.

"네놈만! 네놈만 없었더라면 일이 이렇게 되지 않았을 것이니라! 네놈이 내 모든 계획을 망친 것이니라! 너 때문에 흰둥이가 괴로워하게 된 것이니라! 네놈, 쓰레기 같은 네놈 하나 때문에!"

"너도 아무것도 모르면서 그딴 소리 하지 마!"

"네 입에서 그런 소리가 나오니 어이가 없구나!"

냥이는 얼마나 화가 났는지 눈에 붉은 핏줄이 터질 것같이 보인다. 나도 아마 똑같은 모습일 것이다. 냥이는 랑이의 봉인에 대한 비밀을 모르니까. 이 사실을 말한다면 일시적으로 내가 냥이의 우위에 설 수 있겠지. 운이 좋다면 냥이의 협력을 얻을 수도 있을 것이다. 하지만 나는 말하지 않기로 했다. 필요가 없으니까.

말하지 않기로 했으니 나는 입을 꽈악 다물고 냥이를 노려보았다. 잠시 아무 말 없이 서로가 서로를 노려보기만 하는 의미 없는 시간을 보낸 뒤, 냥이가 먼저 내 멱살을 놓았다. 나

혼자만 잡고 있기는 그렇기에 나도 손을 풀었다. 냥이가 조금 늘어난 티셔츠를 불만스럽게 내려 보다가 흥, 하고 콧김을 내쉬고서는 내게 말했다.

"내가 잠시 격해졌구나. 이런 식으로 의미 없는 언쟁을 벌이는 건 의미가 없느니라."

나도 같은 마음이기에 고개를 끄덕였다. 냥이가 말했다.

"다시 돌아가자꾸나. 그래서 네놈은 네놈의 말이 현실성이 있다 생각하느냐? 네가 부정한다 해도 랑이가 요괴의 왕이라는 것은 지난 5천 년의 시간을 통해 굳혀진 진리가 된 사실이니라. 그것을 한낱 인간인 네가 어찌할 것이느냐. 또한 우리들이 네 주장을 듣고 이대로 물러날 것 같으냐? 너 하나의 생각이 모든 요괴들에게 통용될 것 같냐는 말이다. 네놈은 단순한 말장난을 하고 있는 것뿐이니라."

"한낱 인간 무시하지 마라. 나한테도 다 생각이 있으니까."

"그 생각이라는 것을 말해 보거라. 내 친히 논파해 주는 것으로 속을 좀 풀어야겠느니라."

"환웅과 웅녀에게 따지러 갈 거다."

남이 짜 준 무대 위에 올라가서 연극을 하는 배우가 그 내용이 마음에 들지 않는다면, 시나리오를 짠 사람에게 대들어야지.

"지금 이런 상황을 만든 환웅과 웅녀에게 인간만을 위한 세상은 이제 그만두고 인간과 요괴가 공존할 수 있는 세상을 열어 달라고 설득할 거다. 그렇다면 더 이상 왕도 필요 없고 랑이는 평범하게 힘만 좀 센 한 명의 요괴가 될 수 있겠지."

"허."

냥이는 허탈한 웃음을 터트렸다.

"허허허허. 이런, 지금 내가 뭘 하고 있는지 모르겠구나. 광인을 상대로 이야기를 나누고 있었다는 것을 깜빡했느니라. 쯧. 내가 흰둥이에게 몹쓸 짓을 한 것……."

"미친놈 취급하지 마."

"네놈은 그래도 모자라느니라."

"해 보지도 않고 포기하는 것보다는 낫다."

"그들이 너를 만나 주기나 할 것 같으냐? 만나면 네 이야기를 들어줄 것 같으냐? 네 오만은 도대체 어디서 나오는 것이느냐?!"

"사랑."

"오글 대사 나왔군요."

"소저, 힘드옵나이다."

"지금만큼은 같은 마음입니다."

야외는 시끄럽다. 나도 다 알고 있으니까 말하지 마.

"홍익인간의 뜻으로 내려온 환웅이 사랑의 가치를 모를 리 없다. 네가 말했듯이 말이지."

냥이는 문제를 해결 할 수 있는 방법을 내게 알려주면서 말했었다.

네 녀석이 환웅에게 홍익인간의 뜻을 더욱 넓혀 요괴들에게까지 사랑을 전해야 한다고 설득한다면, 그리 힘든 일은 아닐 것이니라.

즉, 내 생각은 저 잘난 냥이 또한 이미 가능성이 높다고 인정한 이야기다. 또한, 냥이에게 말은 못 하지만 랑이의 봉인이 온전히 풀리는 조건이 사랑이라는 것을 생각해 보면 분명히 나는 설득을 할 수 있을 것이다.

그렇다면, 왜 하필 사랑인가. 나는 이것에 대해서도 생각해 보았다. 랑이가 온전하게 봉인이 풀리는 조건이 사랑인 것은, 내 생각이지만, 사랑을 알게 된다면 랑이와 같은 대요괴도 인간들과 섞여 그들에게 해를 끼치지 않고 살 수 있을 거라는 생각 때문일 것이다. 왜 그런 생각을 했을까. 난 이렇게 생각한다.

이미 환웅은 처음 내려왔을 때부터 요괴들 또한 홍익인간의 이념이 끌어안을 대상이라 여겼다고. 그래서 랑이를 죽이지 않고 봉인했으며 봉인이 풀리는 조건을, 사랑을 깨닫는 것이라 생각하고 요괴들을 살해하지 않았다.

그래서 나는 그것에 걸어 보기로 했다.

"나는 랑이를 사랑한다. 랑이도 나를 사랑한다. 평범한 인간과 요괴의 왕으로 여겼던 랑이가 서로를 사랑하고 그 감정은 점점 커져 가고 있어. 그것에 요괴의 왕이라는 자리가 방해가 된다면, 그 요괴의 왕이라는 자리가 홍익인간의 포부에

독이 될 수 있다는 사실을 내가 말한다면 그 둘은 내 부탁을 거절하지 못할 거야. 아니면 웅녀에게 내가 이대로라면 랑이의 사랑을 거절할 수 있다고 언질을 넣는 것만으로도 가능하지."

지금이야 웅녀가, 랑이는 나한테 홀딱 빠져서 환웅에게 관심이 없어졌다고 생각하기에 가만히 있다. 하지만 내가 그런 식으로 이야기를 했을 때도 가만히 있을까?

"물론 이런 말로는 너를 설득시킬 수 없다는 것도 안다."

냥이는 아무 말도 못 하고 얼빠진 랑이처럼 나를 바라보고 있다.

"그러니까."

그래서 나는 선언했다.

"실제로 보여 주마."

아직 하루는 많이 남아 있으니까.

이어 가는 이야기

냥이와의 회담을 일방적으로 끝낸 나는 랑이에게 내 계획을 말해 주었다. 잠자코 내 이야기를 듣던 랑이의 표정은 빈말로도 좋다고 말할 수 없게 되었다.

"그게…… 무슨 말이느냐."

각오를 하고 있었던 일이다. 이것은 나의 독단이고 아집이기도 하다. 이미 스스로 왕이 되어 버린 랑이에게 내 말은 절대로 반갑지 않을 거다. 하지만 이건 어쩔 수 없이 한 번은 거쳐 가야 할 일이다. 그러니까.

"이해할 수 없느니라. 아니, 이해하기 싫으니라. 성훈아, 다시 한번 생각해 보거라."

랑이의 울상인 모습에 그 믿음이 흔들려서는 안 된다.

"이미 결정한 일이야."

"나는, 나는 저 아해들의 왕이니라. 그건 네가 가르쳐 준 것이 아니느냐. 그래서 나는 모든 요괴들의 어미가 될 수 있었느니라! 그것을 어째서 네가……. 나를 깨우쳐 준 네가 부정하는 것이느냐?"

"그때는 내가 생각을 잘못했다."

내가 너무나 가볍게 인정하는 것같이 보였는지 랑이의 얼굴에 먹구름이 끼었다.

"네가 원해서 왕이 된 게 아니야. 네가 선택한 것도 아니고, 네 의지도 아니었어. 세상의 부조리가 억지로 네게 떠맡긴 거지. 예전에는 내가 잘못 생각하고 있었어. 그걸 인제야 알았다. 사실을 알게 된 이상 나는 그걸 그냥 넘어갈 수 없어."

랑이, 널 위해서.

"성훈이가 무슨 말을 하고 싶어 하는지는 알겠느니라. 하지만, 하지만! 그렇다 한들 저 아해들을 내가 책임져야 한다는 것은 변함이 없느니라."

"그럴 필요가 없다고 말했잖아. 그건 잘못된 일이야. 잘못된 건 바로잡아야 해. 그 첫 번째가, 네가 지지 않아도 되는 책임을 내려놓는 거고."

"아니니라!"

랑이가 비명과도 같이 소리를 질렀다.

"저 아해들도 내 소중한 이들이란 말이니라! 왜 내 마음을 몰라주느냐?"

울컥하고 속에서 뭔가가 올라왔다.

랑이야. 내가…… 네 마음을 모를 리가 없잖아. 나도 알고 있다. 알고 있는데, 알고 있지만, 알고 있으니까 이렇게 내 마음도 이렇게 아픈 거 아니겠니. 하지만 나는 말할 수 없었다. 이건 내 잘못으로 인해 일어난 일이니까. 내가 책임져야 할 일이니까.

"네 말대로 내가 왕이 아니라면 저 아해들은 누굴 믿고 산단 말이느냐?"

그러니 마음을 더욱 굳게 다지자.

"네가 없어도 잘 살아왔다."

"아니니라! 아해들은 나를 믿어 주고, 나에게 의지하며 지금까지 버텨 올 수 있던것이니라!"

흔들리지 말자.

"꼭 그런 건 아니야."

"그런 아해들이, 아무것도 모르는 아해들이 훨씬 많으니라. 내가 왕이 된 이유와는 아무런 상관도 없는 약하고 어린 아해들이 많다는 이야기이니라. 성훈아. 네 말대로 내가 왕이 아니게 된다면 그 아해들이 겪을 아픔과 슬픔을 누가……."

한계였다. 더 이상은 참을 수 없었다.

"그러면 넌?!"

랑이가 겁에 질려 움찔 떠는 것을 보았음에도 내 언성은 작아질 생각을 안 했다.

"네가 겪을 일들은?! 네가 고민하고! 아파하고! 슬퍼하고! 괴로워하고! 그런 일들이 계속 일어나는 건 아무래도 좋다는 거냐?!"

그런 일은 이미 충분히 겪었다! 너무 충분하다고!

불과 한 달 만에 아무것도 모르고 순진하게 재롱부리던 어린아이가 어른이 될 정도로! 이 한 달 사이에 랑이는 너무나 많은 일을 겪었다. 너무나 많은 아픔을 견뎌야 했다.

"난 아니야!"

나는 랑이의 어깨를 붙잡았다.

"나는 네가 그 무엇보다 소중해! 내가 모르는 요괴들 때문에 네가 힘들어하는 건 싫다고!"

"그렇다고 해서 난 저 아해들을 버릴 수 없느니라!"

"버리는 게 아니야! 원래대로 돌아가는 거지! 자신의 삶을 다른 사람에게 의지하는 지금이 이상한 거야!"

"성훈이는 아무것도 모르느니라!"

랑이가, 내 손을, 쳐 냈다.

"성훈이는 바보, 멍청이, 나쁜 놈이야!"

"성훈이는 아무것도 몰라! 나는, 나는 알 수 있어!"

"아이들이 어떤 마음으로 내게 의지하는지 나는 알아!"

"나도 같은 입장이었으니까!"

"널 기다리면서, 널 의지하면서 버텨 왔으니까!"

"그리고 널 만났을 때의 행복을 아니까!"

"네가 내 마음에 답해 줬을 때의 기쁨을 아니까!"

"그걸 아는 나는, 나는! 절대로 저 아이들을 버릴 수 없어!"

"저 아이들도 나와 같으니까!"

"널 기다려 온 나와 같으니까!!"

〈8권 끝〉

글쓴이의 끼적끼적

2013년 1월 1일.

전 진지하게 제 나이가 서른이 될 때 세계가 멸망할 것이라고 믿고 있었습니다. 마침 때는 2012년이었고 세계가 멸망한다는 이야기도 있어서 아, 드디어 이 빌어먹을 마감지옥에서 벗어나 제 8권 원고 진행률과 같이 아무것도 없는 무의 세계로 돌아가겠구나, 라고 생각하고 있었습니다.

그리고 Fxxking Happy New Year! 이미 이 책이 나올 때는 계획상 4개월 후겠지만 후기를 적고 있는 지금은 1월 1일입니다. 후기를 원고는커녕 시놉시스도 생각하지 않은 상태로 쓰고 있다는 말이죠.

그래서 묻고 싶습니다. 이번 권은 어떤 내용이었나요? 성훈이와 랑이가 알콩달콩 사랑을 키워 가는 이야기였나요? 아니면 또 신 캐릭터가 나와서 자신의 매력을 발산하는 내용이었나요. 그것도 아니라면 세상의 멸망을 바라는 작가의 음울한 내적 갈등이 노골적으로 드러나는 불쾌한 내용이었나요.

저는 잘 모릅니다. 지구가 멸망하지 않았으니 쓰긴 써야 할 텐데 뭘 써야 할지 모르는 상황이라서 말이죠. 그래도 이거 하나는 알 것 같습니다. 지금 이 후기를 읽으시는 독자 분들이나 저에게나 만족스럽지 못한 내용이 나올 것이라는 것을. 왜냐하면, 슬프게도 혹은 기쁘게도 나호가 슬슬 완결이 되어 가기 때문입니다. 다른 말로, 지금까지와는 조금 다른 식으로 이야기를 풀어 나가야 할 때가 왔다는 말입니다. 기존에 있던 아이들이 뛰어놀든, 새로운 아이가 나타나 어울려 놀든, 노는 방식이 변하게 될 것입니다. 그게 어떤 방식이 될지는 아직 정하지 않았습니다만, 부디 그것이 만족스러운 결과가 나오기를 바랍니다.

2013년 1월 14일.

다시 쓰게 되었습니다. 죄송합니다. 생각 외로 난항을 겪고 있습니다. 언제는 안 그랬냐고 하시겠지만 이번에는 좀 빅 웨이브가 왔네요. 도저히 이걸 어떻게 해야 할지 답이 나오지 않습니다.

2013년 2월 1일.

시간이 안 된다. 4월에 낼 수 있을까?

2013년 2월 7일.

다시 쓰는 건 안 되겠지? 어떻게든 이야기를 만들어 보자. 모두가 만족할 수 있는 그런 이야기를 위해 조금만 더 힘내 보자.

2013년 2월 25일.

실패했다. 나는 실패했다. 바보다. 바보다. 뭐가 모두가 만족할 수 있는 그런 이야기냐. 차라리 불태워 버렸으면 좋았을 걸. 만약, 시간을 되돌릴 수 있다면, 그날의 나를 말리지 말아 줘. 미안. 미안. 미안. 이런 인생은 무의미했다―――――――――――――――――――――――――.

……그러니까 이런 일을 겪다 보니 책이 늦게 나왔다는 이야기였습니다.

안녕하세요, 오랜만에 인사드리는 카멜, 아니, 카넬입니다.

독자 분들께서는 잘 지내시죠? 저는 언제 죽을지 모르겠습니다. 인사는 이정도로 하죠.

그러면 다음 권에서 다시 뵙겠습니다. 나호 8권이 나올 수 있도록 정말 열심히 노력해 주신 영인님과 원작보다 훨씬 재

있는 만화를 그려 주신 윤재호 작가님, 요즘 들어 깽판만 치는 작가를 살려 주신 편집자님께 감사 인사드립니다.

◆ 본 작품의 의견, 감상을 기다리고 있습니다 ◆

보내실 곳 _

서울시 마포구 망원로 96 (망원동 연세빌딩) 6층
우편번호 121-900
㈜ 디앤씨미디어 시드노벨 편집부

카넬 작가님 앞
영인 작가님 앞

카넬 시드노벨 저작 리스트

『나와 호랑이님』 8
『나와 호랑이님』 7
『나와 호랑이님』 6
나와 호랑이님』 5.5
『나와 호랑이님』 5
『나와 호랑이님』 4
『나와 호랑이님』 3.5
『나와 호랑이님』3
『나와 호랑이님』 2
『나와 호랑이님』

나와 호랑이님 8

1판 1쇄 발행 2013년 4월 1일
1판 9쇄 발행 2017년 8월 31일

지은이_ 카넬
발행인_ 신현호
편집장_ 이석원
책임편집_ 문승민
편집부_ 이호준 고동남 유석희 문승민 신은경 송영규 이혜영 최종건 최은지 김지인
편집디자인_ 한방울
국제업무_ 정아라 고금비
영업 · 관리_ 김민원 이주형 조인희

펴낸곳_ ㈜ 디앤씨미디어
등록_ 2002년 4월 25일 제20-260호
주소_ 서울시 구로구 디지털로 26길 111 JnK디지털타워 503호
전화_ 02-333-2513(대표)
팩시밀리_ 02-333-2514
E-mail_ seed_dnc@dncmedia.co.kr
홈페이지_ www.seednovel.com

값 6,500원

ISBN 978-89-267-8200-2 04810
ISBN 978-89-267-8052-7 (세트)

오트슨 지음
INO 일러스트

미얄의 정장 1~7

자, 꿈을 죽일 시간이다.

돌아온 일상을 누리는 장민오 장세미 남매 앞에, 불길한 분위기의 소녀가 나타난다. 좌중이 얼어붙을 정도로 훌륭한 피아노 솜씨를 선보이는 소녀 '진아란'. 민오는 이상하게 그 소녀가 신경이 쓰이고, 세미는 그런 오빠의 모습에 짜증과 불안을 느낀다.

그리고 다음날, 이변이 일어났다. 등굣길에는 소녀들이 '웨딩드레스'를 입고 있는 모습이 민오의 눈앞에 펼쳐지고, 여동생 세미 역시 모습을 또다시 감추고 만다. 어째서 이런 일이? 혼란에 빠진 민오 앞에, 또다시 미얄이 등장하고 사태는 기괴한 형태로 흘러가게 되는데…….

작가 오트슨이 선보이는 고딕전기로망 시리즈 7권
전격 출간!